世界沉淪以前

盼兮——著

目次
Contents

序章

「……誰終將聲震人間，必長久深自緘默誰，終將點燃閃電——」突如其來的雷聲劈開了錄音機裡播放中的有聲書某一節段落。

大雨滂沱，巨大的雨勢像是猛獸蠻橫地席捲整座城市，順帶澆熄了青春洋溢的校園，茵茵綠地染上了濃重墨綠，庭院裡剛萌芽的花苞再度落得百花凋殘。

宣告著上課鈴響的鐘聲猶如尚吊著一絲生氣的老人低吟。

此刻，位在走廊中繼點的二年五班時逢慣例的一週一次週記抽查。同學乖乖列隊，雙手捧著各自的週記，挨個交給坐鎮在講桌前的男老師。

「煩死了，到底是誰打小報告，害我們現在每週都要寫週記。」隊伍中央的女同學一臉不耐煩和隔壁的同學咬耳朵，她的音量不小，似乎有意要說給某人聽。

「還會有誰，我早就看她不順眼，一定是她。」隔壁的同學一臉埋怨，把週記本當扇子用力往自己搧風，「這種週記根本是在滿足老師的虛榮心，非要每個人都報告自己在學校非常幸福，我才不信有人敢在上面寫自己被欺負。」

就在這時，站在隊伍最後方的男同學忽然抓狂似地用力把手上的週記摔到了旁邊的桌子上，綠皮的筆記本竟然不堪這重擊脫線了，自塑膠封皮底下散出的紙紙張散落於桌面以及地面。

「誰幹的！是誰做的？」

所有人的目光全落到了男同學身上。

男同學有一張令人一眼印象深刻的清俊五官，此刻他漲紅了臉頰，整個人好像吹氣了的氣球，隨時會爆炸。

眾人很快就發現，他不是這個班級的學生，在整班都是運動服之中他一身制服尤其顯眼。

「那個，同學你先冷靜一下，你是哪個班的？現在可是早自習時間。」男老師神情尷尬地站了起來，他不是塊當熱血教師的料，光是這句話他就醞釀了足足有一分鐘。

「你們怎麼可以這樣對她——」男同學推開後方試圖要架住他的同學。

男老師無措的目光在前排的同學之間搜索，「那個班長，你去看一下發生——」

碰一聲巨響打斷了男老師的話，一名剛檢查完週記準備回座的女同學正好靠在窗戶旁邊，她好奇地瞥向窗外——

女同學轉過來，一張臉唰地毫無血色，嘴唇哆嗦了好一陣子，才說：「有，有人跳樓！」

那句話猶如不慎滴入熱鍋裡的水，頃刻間在教室裡引燃了超乎科學的熱烈反應，現場整個失控，同學們爭先恐後地貼到了窗戶邊，跳脫出煩悶的日常生活的插曲的新鮮感已經遠大於死亡這件事該有的恐懼。

「真的假的！她從幾樓跳下去？」

「太扯了吧？是誰？」

「好像是個女的，幹，好像是二年級的！」

……

「……誰終將聲震人間，必長久深自緘默，誰終將點燃閃電，必長久如雲漂泊。我的時代還沒到來，有的人死後方生[1]……」錄音還在繼續，大概是播放的人誤按到了單曲循環，嘶啞的男聲在宛如兵荒馬亂的現場語速均勻地繼續唸著。

——那天世界沉淪在她的死之後，我們相遇的第一天。

1 出自尼采《敵基督者》。

第一章
誰誤闖了誰的世界

一如既往的日常。

老師在講台上口沫橫飛，數學公式在黑板上跳躍，講台下的學生低著頭假裝振筆疾書。

耳畔傳來沙沙的紙筆摩擦聲，我單手撐著頭，壓在手肘下的數學考卷因窗邊徐徐吹進的微風輕揚起一角。

背後被用力戳了兩下，一張折成四角的紙條接著輕輕地落在我的考卷上。

「湯圓，下課後要不要一起去喝咖啡？」

秦琪最近迷上了校門口外的一間咖啡廳。

打開筆蓋，正要落筆，眼角餘光瞄到數學老師放下粉筆面向講台下，雷射光似的視線在底下座位來回掃射，我趕緊把紙條藏到考卷下。

數學老師的視線最後定格在我身上，我忍不住緊張地露出了個心虛的笑容。

「何媛瑄。」

一顆心猛地抽跳了一下，涔涔冷汗，汗珠滑落背脊。

我舉起手，飛快答道：「在！」

「上來解一下第四題。」

我拿起考卷從座位上起身，垂著頭走上講台，接過老師遞來的白色粉筆，我一面餘光落向考卷，一面把式子謄寫到黑板上。

「這次考試同學的成績落差很大喔，機率可以說是這學期最簡單的一章，以後你們出社會，數學不好可容易吃虧。」身後的數學老師抓準空檔，語重心長地給同學灌起了心靈雞湯。

機率論的最基本概念，是一枚硬幣衍生出的隨機試驗。

然而現實上存在所謂的許多機率其實都很乏味，不外乎就是宣傳單上識別度最高的中獎率或是政客的支持率。

學會計算一件事情的機率，對於我們這種未來志向大抵與數字擦不著邊的學生，實用度實在是低得可悲。

白色的粉筆在黑板上停頓，按耐下心中的煩躁，白色粉末隨著流暢的一筆勾勒在墨綠色板上落下一行算式。

$(A \cap b),=\{6,9,12\}$

再度看了一眼手中的考卷，我滿意地停在最後一個}上。

「這就是這題的答案和算式，同學們還有什麼問題嗎？」數學老師平緩的聲音接在我鬆開手上的粉筆之後落下。

斜角的視野，有幾名學生踴躍的舉手提出新的疑問，從窗簾縫隙間漫入的光影一剎那間打亮半邊教室。

「這題的概念，和上次那題選舉票數一樣。」數學老師邊說邊往講台移動，同時點了點頭示意我可以回去座位。

捏緊考卷，我如釋重負地旋過身，正要回座之際，我瞥見剛才寫在黑板上的答案裡一個小小的錯誤。

感謝數學老師有老花眼，否則這樣小失誤可是會被數落一頓。

吞了吞口水，趁還沒有人發現，我小聲地說了不好意思，跳回講台，用手背擦了擦板面，拿起粉筆往錯誤的符號補了一筆。

$(A\cap B)^c=\{6,9,12\}$

剛把小寫b的頭頂加上弧度小寫倒c。

教室大門猛力地被推開，塑膠門板結結實實地在牆上發出砰一聲巨響。

手上的粉筆一抖，黑板上的B，最後一筆的弧度勾勒太大，失控拉出一條尾巴。

「嚇我一跳！」數學老師失聲驚叫。

教室裡的所有人也怔愣地看向門口方向，一名男學生突兀地站在門口，數學老師離門口最近，手上的講義在巨響餘音中砸落地面。

「怎麼回事？」

「這不是季漠然嗎？」

「我還以為他請假，資優生竟然也有遲到的一天！」

講台底下同學們竊聲私語成一片。

所有的目光集中在打斷課堂的學生身上。

我側首看著眼前的季漠然，他是我們班的班長。

他現在的樣子很奇怪，連制服都沒有穿好，半排的釦子都沒有扣上，露出了裡頭的黑色便服，就像是剛和人發生了劇烈的拉扯……

全班的錯愕是理所當然。

季漠然，除了是我們班的班長外，他可是稱霸全校成績排行、品行排行和外貌排行的冠軍，是所有老師和教官的模範學生代表，完完全全是「學霸」兩字的代言人。

以為我要說我們是朋友嗎？你以為這是偶像劇嗎？

答題錯誤，這種人和我的交集度：零。

S＝{0}

對我而言，他是我們班的班長，僅此而已。

清清喉嚨，數學老師重新撿起講義，對著班長開口說道：「班長，你下課後到我的辦公室一趟。昨天的小考發下去給大家了，你過來拿你的——」

「瑄瑄？」季漠然打斷了老師的話，他的目光精準地落在我身上，眼底不知為何寫滿驚恐。

我一愣。

「哦——！」講台下開始傳來意義不明的鼓譟聲。

我睜大眼睛，試圖要發出聲音，卻徒勞無功。

「班長，我說——」

季漠然再一次打斷老師的話：「瑄瑄？妳怎麼……」

這一次，他推開站在前方試圖阻攔的數學老師，直直朝我走來。

「湯圓，快回來！」眼角餘光瞄到秦琪在座位上拚命地向我招手。

我收回視線，眼前的班長已經逼近我面前。

他原先有些徬惑的目光在霎那間柔和，黑色短髮因為汗水黏貼在額上，一雙劍眉微彎，黑髮如墨強烈對應著一張蒼白臉蛋。

清風透過沒關緊的窗戶迎面吹來，拂起他的髮絲，輕輕擦過我的臉頰。

我不由自主地舔了點嘴唇，慢慢地往後退了一步。

「班，班長？」

季漠然猛地抓住我的手臂，來不及反應，他將我緊緊抱在懷裡，急促的呼吸聲在我耳邊迴盪，隔著衣服布料，都能感受到他劇烈的心跳聲，彷彿隨時都會衝出他的胸膛。

「……太好了！妳沒事！」

他的餘音顫抖了我們周圍的空氣，然後，擴及到整間教室。

這是什麼少女漫畫的情節？

斂下眼，講台下秦琪對我做了個抹脖子的動作，我很快意識現場狀況的同學有不少人拿出手機搶著要拍照。

「我還以為妳……」季漠然的話很破碎，他一臉慘白，像是受到了很大驚嚇弓起背的野貓。

他又低聲說了幾句，但我沒聽清楚。

有那麼一瞬，我以為自己在作夢。

「班，班長？你在說什麼？」話還沒問完，季漠然抓著我的力量又加大。

胸腔中的空氣瞬間被擠壓，我差點換不過氣來，幾步之外的數學老師表情猙獰的好像看了可怕的東西，講台下傳來的視線洶湧如驚濤海浪，我被現實沖得發暈。

「湯圓，妳快下來！」秦琪從座位上站了起來，拚命對我招手。

我使盡全力推開班長，然後跑下講台，才剛跨出一步，身後尖叫聲炸開——

「班長暈倒了！」

「班長！班長！」

「副班長！妳找幾個男生扶班長去保健室！」

不會吧！我僵硬轉動脖子，講台上原先站著季漠然的地方，季漠然攤倒在講台上，數學老師有些驚慌失措站在旁邊指揮同學。

腿一軟，我跌坐到椅子上。

我側過臉，秦琪及時幫我拉出椅子，才免去我摔個底朝天的困窘。眨眨眼，她對我豎起大拇指。

「謝謝。」我也豎起大拇指。

把椅子拉回座位的時候，教室中的騷動也差不多平靜下來。

「湯圓，班長剛才跟妳說什麼？今天早上不是聽人說他今天要請病假嗎？」壓低音量，秦琪小心翼翼地問。

「不知道，我聽不懂。」我悶聲。

等到副班長和一名男同學攙扶著季漠然離開教室後，數學老師趕緊整頓班上秩序。

「同學們快回到座位上，我們繼續上課。」繼續檢討考卷之前，他刻意在我身上停下目光，接著開口道：「還有，何媛瑄待會下課後，也來辦公室一趟。」

班上同學的目光也隨之落在我身上，我愣了愣，苦澀地說：「好。」

意外被打斷的數學課重新開始。

老師重新講解了一遍班長出現前已經解釋過的題目，幫助大家恢復記憶。

講台上的數學老師已然無恙，解釋完畢後，反過身拿起板擦，擦掉黑板上的數學式子，補上新的重點整理。

我失手寫壞的B不著痕跡地被【必考】取代。

底下的學生們儘管表面若無其事，其實都焦躁不住，引頸盼著下課鐘聲。

剩餘的十五分鐘，我試著專注，卻是徒勞，儘管如此，剛才班長那像是溺水之人的絕望眼神在腦海裡依舊揮之不去。

抄了幾行重點提醒後，我索性擱下筆，撐著頭聽著講台上數學老師口沫橫飛的講解。

❀

「妳能解釋一下剛才的事嗎？」

數學老師坐在辦公桌旁，眉頭微蹙，口氣聽不出半點玩笑的意思。

我錯愕地指著自己。

「剛才……」

老師啊，我才想知道到底發生什麼事了！

「老師我雖然不反對學生之間的男女感情，但剛才我們還在上課，你們這樣會影響其他同學。」數學老師又接著說道。

「老師你誤會了，我們不是那種關係！」我趕緊擺擺手。

可是如果說我是無辜的，聽起來也沒什麼可信度。

我瞄到老師桌上從學生間沒收來的撲克牌，我靈機一動，說：「是大冒險！」

「大冒險？」數學老師挑起單邊眉，額前的皺紋深到可以夾死一隻蚊子。

「對，大冒險。真心話大冒險，昨天放學的時候有看到一群同學在教室玩，班長肯定是輸了。」我企圖以輕快的語氣掩飾我的慌張。

說完，眼角餘光瞥到班上一群抱持著湊熱鬧心情的同學貼在窗上，我抬手指向辦公室外，惡意地抬高音量：「就是他們那群人。」

隨著數學老師嚴肅的目光掃去，圍觀同學一秒鳥飛獸散。

「好吧。我會另外找時間跟你們班導談，同學間的遊戲不應該影響到課堂。」數學老師對我的話並未起疑心，稍微勸戒了幾句後，揮揮手示意我可以離開。

摸摸胸口，我心有餘悸地走出辦公室。

「湯圓！」剛踏出辦公室，秦琪和溫子語從我右手邊跳出來。

我被嚇了一跳，頓了一下才搖搖頭。

秦琪勾著我的肩將我帶往樓梯方向，「閻王很喜歡成績好的學生，肯定不會對季漠然怎樣，他有罵妳嗎？」

「沒有，閻王沒有罵我。」

閻王是同學間給數學老師起的綽號，一來因為數學老師的名字：顏旺凱；二來是因為數學老師還保留了上一輩的觀念，成績不好的學生就需要老師們的特別關照，雖然現在已經不是體罰時代，但「山不轉路轉，路不轉人轉。」數學考不好的，一律跑超場十圈外加老師特製愛心考卷十張，懲罰既可怕又嚴厲。

「閻王昨天是中樂透了嗎？我上次作業簿因為紅茶打翻，答案被暈開看不清楚，竟然被他罰寫。」秦琪直呼不公平。

我聳聳肩，「我跟他說季漠然是玩遊戲輸了被懲罰，然後老師就信了。」

「這樣也行！真不虧是我們湯圓。」秦琪嘖了聲，勾著我肩膀的那隻手豎起大拇指給了我一個讚。

「可是妳和班長之間有什麼事？」溫子語淡淡地問。

他幫我把書包拿出來，就提著書包走在後頭。

我看了他一眼，微量的光線透著玻璃窗斜斜打在他高挺的鼻樑上，更顯他五官深邃，此刻他唇角低垂，帶著憂慮。

「我和他沒有任何事。」我伸手接過書包，「班長怎麼了？」

放學時間，走廊上來來往往各年級的學生，我們三個人也順著人流的方向，慢慢走出建築物。

「可是他說的那些話是什麼意思？」秦琪也插嘴道，「瑄瑄？」

她故意壓低又拉長音模仿班長的聲音。

我拿手機擋住自己的臉：「我哪知道！」

說到這個，我就想撞豆腐，數學課的奇觀被班上的同學發到了網上，對方還貼心的標記了我和班長，現在我的手機訊息量多到爆炸。

「我認識妳這麼久，確實沒有看過你們有任何交集。」秦琪抿唇點了點頭，若有所思道：「不過聽副班長說他今天確實是請病假，是因為生病嗎？」

「那還真是一場大病。」

有哪個正常人生病會反常成這樣，就算是發燒，腦袋燒糊塗了也不會性格大變。

「他今天的行為確實太反常了，我記得他好像和隔壁班的風紀有曖昧的傳聞。妳該不會長得和隔壁班的風紀很像吧？」

秦琪打開手機找出對方的臉書頭貼照片舉到我臉龐做比對。

「不像啊。」她喃喃自語，神情困惑，「子語，你剛才和副班長兩人扶班長去保健室，有聽到班長說什麼嗎？」

溫子語立刻搖頭，「沒說什麼。」

秦琪臆測道：「該不會是撞到頭，一時糊塗了吧？」

「有可能。剛才還要回來上課，我就沒多問。」

總覺得溫子語似乎特別在迴避班長的話題。

我轉過頭看著幾步遠的溫子語，他皺著眉頭，深沉的眸光裡似乎有一抹異樣情緒。

我開口想問：「子語，班——」

「好好好，不說班長了。」秦琪一手挽起我的手臂，另一手搭上溫子語的肩，很有精神地喊，「我們去找我們的『書畫』吧！」

窗外被風動搖的樹枝自高空向下灑落大片葉片，阻攔在玻璃外，斜陽餘暉將我們的影子拉長，過多的疑慮也隨之推出校門口。

❀

秦琪口中的「書畫」是咖啡店的工讀生，更確切來說，是附近大學的理工科大學生，從第一天來這裡喝咖啡後，秦琪迷上的不是這裡的咖啡，而是大學生蘇哲樺。

蘇哲樺，簡稱書畫。

當時，秦琪一臉凜然地解釋。

當然背後的意圖也就很明顯了：「琴棋書畫」。還有什麼比這個更好的理解方式嗎？

「小妹妹，妳們來了。」她口中的書畫看見我們後，滿面春風地從櫃檯後面走出來。

書畫學長名副其實的氣質溫雅，與秦琪大刺刺直爽的個性不一樣，只可惜聽聞秦琪心儀的書畫學長已經有喜歡的對象了。

儘管如此，秦琪抱持著「可近觀可褻玩焉」的心態，只要沒補習和課後輔導的放學的時間，一定準時往咖啡店報到。

「一樣是一杯熱拿鐵、一杯冰摩卡和一杯溫奶茶嗎？」

秦琪點了點頭，未開口，臉頰已經微微泛起紅暈。

書畫有一副比女性還柔媚的五官，我對他無特別的感覺，但圖個賞心悅目的心情看美男，對我百利無一害。

目送著書畫學長離開，我曖昧地推了推秦琪：「這個月情人節要不要去跟學長告白。」

「別鬧了。」秦琪嗔了我一眼，把手肘抽開，「妳明知道不可能。」

「這種男生長的比女生還漂亮，有什麼好的。」從進店之後就被晾在一旁的溫子語涼涼地說道。

溫子語對書畫的評價是直白嚴厲，說這年頭男生不是藝人，沒事化了和女人一樣的妝又打耳洞，那他不是同性戀就是水性楊花的男人。

我對他喊了聲。

女孩子暗戀起一個人，那豈容得下外人多嘴。但也難怪他，一個禮拜他偶爾有時間會和我們廝混在一起，最近卻要捨命陪君子，還不是看美女。

「子語，那你說湯圓和我家書畫誰比較美？」秦琪痴痴地笑著，話鋒忽然對準溫子語，連帶我無辜受波及。

聽見她的問題，我的心不受控制的陡然劇烈跳動。

溫子語愣了一瞬，沒想到話題會突然轉到他身上，淡漠的視線在我臉上停留了幾秒，「如果以男生的標準來看，當然是哲樺學長比較美。」

我們三人從國中同班三年一直到了高中兩年都分在同一班，五年的同窗情誼無形間凝聚成某種特殊的情感將我們纏繞在一起。

國中時期，還處在懵懂青澀的年紀，天真的認為我們三個人能永遠如朋友般單純。如同剛好湊在一塊的質數，只是我忽略了質數與質數之間，還存在著孿生質數關係。

不知道從什麼時候開始，追尋著他的身影，那雙目光多了一點不平衡的情愫，而我的心跳也開始隨著他紊亂。

繞著學校八卦和課業瑣事話題東聊西扯一會，書畫學長端著咖啡走了過來，這個時間點，店裡除了我們這組客人外，沒有其他人。

書畫學長放下托盤後，靠著長桌也和我們聊了幾句。

「小妹妹和男同學，最近學校還好嗎？」

秦琪照慣例精神抖擻地回答：「很好！不過我們下個月要段考！」

「這樣啊，那你們可要好好加油！」書畫學長做了個加油的手勢，說完話，正好隔壁桌的客人對他招手，書畫學長端起托盤轉身過去，起步之前，他側臉看向我：「不過，妳的外套後面好像沾了東西，那是顏料嗎？先用溼紙巾擦一下比較好，我等一下拿給妳。」

我扭過頭，這才看到外套下緣有一塊深色污漬。

「對耶，我剛就很在意，數學課的時候沾到的嗎？妳該不會偷吃東西吧？看起來像是番茄醬。」秦琪伸手搶著幫我要脫下外套。

「妳吃薯條沾番茄醬也不會沾到那裡好不好？等等。」放在外套口袋的手機正好傳來震動，我抬手擋住秦琪的動作，「外套我回去洗就好，我出去接一下電話。」

手機在口袋已經震動超過兩次，但因為是未知號碼，前兩次我都直接按掉，都打來三次了，還是接一下好了。

抓著手機，我跑到店外接電話。

「喂？」

「瑄瑄，是妳嗎？妳終於接電話了，太好了。現在妳在哪裡？還在學校嗎？剛才在課堂上——」

才剛開口，對話那頭無縫接軌接上一大串句子打斷我的話。

「等，等一下。我完全聽不懂你的話。」在他換氣的空檔，我趕緊打斷他。

未知的電話號碼、迫切的來電、毫無頭緒的開場，還有陌生的稱呼。

「請問你是哪位？」我連著上一句話的字尾接續問道。

「妳不認識我了嗎？」電話那頭傳來強烈失望。

我倒吸一口氣，「你是……班長？」

腦中閃現下午數學課上的混亂，在對方開口以前，我已了然答案，頭開始痛了起來。

該不會下午的遭遇又要重來一遍吧？

我吞了吞口中的唾液，不由緊張地環顧四周，平和的街道，行人踏著各自的步伐熙攘而過，透過玻璃窗看向店裡頭，秦琪和在我離開後又走回書畫學長正在說著話，溫子語低著頭專注在手機螢幕上，嘴角掛著一絲笑。

突然衝出個什麼東西來的危機暫時是解除。

「瑄瑄？是我啊！妳今天到底怎麼回事，我快被妳嚇死了——」

「我直接說好了，請問你到底想怎樣？」打斷電話那頭一連串奇怪的話，我開門見山道。

班長無視我的問句，語氣依舊激昂：「妳還在學校嗎？」

我無意識地咬起嘴唇，「不在，問這個做什麼？」

對話那頭難掩失落，隨即又提起精神發問：「瑄瑄妳能回學校一趟嗎？」

看了眼玻璃窗，溫子語已經放下手機，皺著眉望向窗外的我，看我的表情不對，他站了起來，打算要走出來。

我眉頭一緊，忍著掛斷電話的衝動：「你到底有什麼事嗎？」

「妳答應我，我就告訴妳原因。」

原來我們班的班長是神經病！

「我要掛斷電話了。」

他的聲音十分急切：「這事非常重要！只有妳能幫我！」

隔著手機屏幕彷彿都能感受到對方的焦慮，我和班長不熟，不清楚他的為人，但他這樣的舉動實在很反常。

「你在後門口等我。但先說說看，你到底要做什麼？」

他沒立即回應，我等得不耐煩又問了一次後，他才緩道：「妳別告訴別人，其實我找不到我家。」

這是什麼新的整人手法嗎？難道今天是愚人節嗎？

❀

隨口找了個理由，和秦琪還有溫子語分別後，我又火速回到學校。

回到後門口，班長看見我明顯鬆了一口氣。

「我在這裡！」他看向我，一對清秀的眉眼帶著笑。

「你電話上說的話，到底是怎麼一回事？」看見他，我一點鬆口氣的感覺也沒有。

如果是昨天，正常精神狀況下的班長像今天這樣打電話給我，我大概會怦然心動，少女心飆升。

今天這樣太詭異了，就像換了一個人一樣。

「妳跟我走一趟，妳就明白了。」話剛說完，季漠然一把扯住我的手腕。

「把話說清楚。」

我死踩著地面，奈何他的力氣很大，我被拖行了一段距離，他才停下腳步，回頭看著我，然而那一刻我在他臉上捕捉到的情緒，除了凝結成一塊分不清是徬徨、疑惑還是茫然的痛苦外，沒有一絲玩笑的神態。

他是認真的。

「你放手，我跟你走就是了。」我妥協道。

聽見我的話後，季漠然點了點頭，鬆開手後，大步往前走，我見狀趕緊跟到他身邊。

放學後的校區還逗留著不少學生，我和季漠然一左一右同時走出校門，季漠然也算是校內的風雲人物，也不知道是不是我多心，總覺得周圍的人都在注意我們。

走了一段路後，我終於受不了，正開口抗議。

季漠然忽然開口：「瑄瑄妳沒事怎麼不告訴我一聲，要不是我在醫院沒找到妳，又剛好遇到妳媽媽，我都不知道你出院了然後回學校了？還有妳說的話到底是什麼意思？到底是誰欺負妳？」

我暫時忘記想要落後的念頭，「完全不懂你在說什麼。不過你怎麼會認識我媽？」

季漠然生病去醫院是情有可原，我們鎮上也就只有一間小醫院，媽媽上個月從總院被調回來，兩人會相遇倒也是有可能？

可是我媽從沒來參加過學校的任何活動，一向都是我爸或哥哥代勞。

「是不小心從我的基本聯絡資料上看到的嗎？」

唯一想到的理由，季漠然是班長，幫忙老師登記資料的時候看到我媽的照片，這樣想雖然牽強但也合情合理。

但季漠然卻一口反駁我的自我假設：「不是，我們本來就認識了啊。」

腦袋空白了三秒。

「怎麼可能，我媽認識我的同學，我會不知道？」說到一半，我便止住。

因為季漠然的臉不像在開玩笑。

從今天下午到現在，季漠然的表現都太真誠了。明明是反常的舉動，但一言一行都是那麼的合理。

「把話說清楚，班長。」

但是我也不是在開玩笑，難道我得了早發性失憶症或是妄想症？

「我爸是你爸的大學同學，我家和妳家很近，小時候有事沒事我常往妳家跑，妳媽可是很喜歡我呢。」季漠然盯著我的臉，察覺我的困惑，他似乎也十分困惑，「我們一直都是一起上下學，除了這學期我跟著校隊去比賽之外，瑄瑄妳怎麼了？我們是好朋友，不是嗎？」

我們是好朋友。

什麼意思？

街口的號誌燈變換成綠燈，季漠然走得很急，我只是稍微停頓了一下，他已經淹沒在人群裡，我趕緊追到他身邊。

繞過路邊一小攤垃圾，我追問：「什麼意思？」

往前走了一段路後，季漠然才偏頭看了我一眼：「……我也搞不清楚究竟發生什麼事……為什麼應該在醫院的妳會出現在學校，以及妳竟然還──」說到最後，他說不下去。

他的話彷彿是十二月初冬扎人的風，刺骨卻不見血地扎在心口上疼。

儘管他說的話，我一個字都聽不懂，但他的表情始終很徬徨和失落，看不出一絲玩笑。

「我怎麼了？」

他沒有回答，低著頭繼續往前走。

從一條巷弄裡走出來後，他在一塊路牌旁停下腳步，拉開一步的距離，我也停下來，此刻，夕陽西沉的天空像是被攪散的暖色顏料，火光一樣艷紅的雲彩將大地披上一層薄紗。

在我們面前是一片公墓。

安靜的氛圍之中，飄散著紙灰和野草的氣味。

「為什麼要帶我來這裡？」我在無人接話的古怪氣氛中開口發問。

這裡附近好像只有幾間賣金紙的小店還有雜貨店，難道我們班的班長住在墳場？

「媛瑄，我贏了。」季漠然嗓音忽然低了下來。

我把疑惑的目光收了回來，「嗯？」

什麼贏了？

「我們不是約定好了嗎？如果這次我贏了金牌，我就放棄游泳，以後會多花時間陪妳，妳不是說要等我嗎？」季漠然突然像變成了另一個人，他的神情混合著焦慮還有痛苦，聲量也忽大忽小，「妳不是說要等我嗎？」

我困惑地盯著他，狂風掀起額前的瀏海，視線一下子撲朔迷離。

空氣好像突然凝結。

季漠然微微垂下眼，聲音已經恢復原狀：「為什麼來這裡？我才想問妳。」

我？我納悶地指著自己。

「放學後，我想說先回家換件衣服，在弄清楚到底發生什麼事，結果卻發現我家變成墳場，妳應該知道發生什麼事了吧？」

「我怎麼會知道你家怎麼了？」我好氣又好笑。

「妳就住我隔壁。」

看他一臉理所當然，要不是我現在很清醒，說不定還會當真。

我搖了搖頭：「班長你今天到底怎麼了？一點都不像平常的你，好像變了個人一樣。」

季漠然也瞪著我：「反常的人是妳，怎麼回事？我不在的幾個禮拜，妳到底發生什麼事了？妳什麼時候和溫子語那小子變好了？」

「完全聽不懂你在說什麼。」

這一天宛如全世界都錯亂了秩序般的混亂，不管是我還是季漠然，兩人都想盡辦法想要從這便紊亂裡找出條理來，然而卻是枉然。

我們都不夠聰明，可是話說到這份上，我們在那電光閃石間，似乎同時明白了同一件事。

我還是那個我，何媛瑄，今年18歲，暮禾高中二年級五班的普通學生。

季漠然還那個他，今年18歲，暮禾高中二年級五班的班長。

「到底怎麼回事？」我蹙著眉頭。

而素無交集的我們會在這個時候突然匯集成兩條交叉線，這種情況，排除掉考前症候群或惡作劇後，只剩下一個可能。

「難道，你（妳）是多重人格？」我們不約而同地指著對方開口。

空氣間瀰漫著一股名為緊張得煙硝味，無色無味，卻在我們之間，無所遁形。

「當然不是！」我們異口同聲地反駁。

「倒是你，今天的你和平常的你完全不一樣。說吧，你是誰？你不是季漠然吧。」我很肯定我是我，而在我面前的季漠然顯然不是今天以前的季漠然。

就像是披著羊皮混在羊群裡的狼，長相是貨真價實的季漠然，骨子裡卻是不同人。

他斬釘截鐵地說：「我是季漠然。」

「不，你不是。」

「如果我不是的話，那妳是誰？」

日下西沉，月亮緩緩自東起，跨越半個天屏的星辰，對應著天色亮起的街燈，將我們倆的影子拉長。時間一分一秒的流逝，然而現況宛如陷入鬼打牆般，在同一個死胡同裡打轉。

一時半會間，連我自己也開始不相信自己。

晃過神，季漠然一張臉在我眼前放大，接著啪一聲很清脆的拍掌聲，我愣神地輕觸著雙頰，火辣辣地刺痛著。

啪又一聲，我也回敬他一巴掌。

第二聲巴掌落下後，我不客氣地大聲問道：「幹嘛打我！」

季漠然垂著眼確認了雙手上的紅印，又猛地摸了摸臉頰：「會痛，所以這不是夢。」

既然這不是夢，是現實。

季漠然挫敗地跺了一下腳：「可是，眼前這個狀況該怎麼解釋？」

在消化目前收到的資訊時，我忽然發現了一件事。照常理，季漠然是一個非常聰明的人，那麼現在這一連串的事件，他應該早就要知道原因。

然而一直到了現在，他都和我處在一個資訊混亂的狀態。

我可以肯定的是，站在彼此面前的班長不是原來的我認識那個班長。那麼問題是，他是誰？

難道……

「班長，你在整我嗎？」我推開他，往後跑了一段路，「秦琪，子語，是你們的主意嗎？出來！這一點也不好玩！」

我們三人之間很常會整對方，上次秦琪還開玩笑偷換廁所的分類，把溫子語騙進去女生廁所，差一點害溫子語被老師記警告。

「瑄瑄，我沒有……」季漠然的聲音忽然中斷。

我轉頭正好看見季漠然一臉痛苦地抱著頭蹲了下來，身軀越縮越小。

「班長？……你怎麼了？」

他小小聲地說：「頭痛。」

「班長？班長——！」

❀

當晚，因為找不到季漠然的家，打電話聯絡了在醫院工作的媽媽後，帶季漠然看完醫生後，暫時讓他借住我家。

還好家人接受了「因為家裡最近在整修，旅館又臨時取消訂房。」這個理由，欣然讓季漠然暫時借住到家裡。

自從前年哥哥從大學畢業離家後，我們家就多了一間空房間。媽媽爽快地讓季末然暫用哥哥的房間。

徹夜未眠。

好不容易睡著，過沒多久，鬧鈴大響。

在鬧鈴第二聲響起以前，我按掉鬧鐘，反手把鬧鐘舉到面前。早上六點半，又是新的一天。

記得今天英文有單字小考，行動遲緩地將鬧鐘推回床頭櫃，打了個呵欠，我緩緩起身，清晨的空氣微涼，我從床尾抓了一件小外套披在身上，接著，婆娑地從床底下找到室內拖鞋。

把腳伸進拖鞋裡，拉開衣櫥，等身的穿衣鏡前出現一個萎靡的女孩，好深的黑眼圈！我貼近鏡面，眼窩下方的黑眼圈清晰地宛如是和人打架過後的戰績。

換上運動服後，我打開房門，手掌停留在門把的瞬間，沉重的腦袋忽然一閃而過零碎的畫面。

昨天是夢吧？

「我是季漠然。」

「不，你不是。」

「如果我不是的話，那妳是誰？」

一連串的對話宛如洩洪的大水湧入腦海……怎麼可能會有那麼荒誕的事？是夢吧？

霎時清醒，我飛快地衝出房間，猛力地打開隔壁房的房門。

一個精瘦蒼白的後背出現在我面前。

這是貨真價實男人的裸背啊！我吞了吞口水。

聽見開門聲，眼前的背影緩緩往門口的方向轉動。

「對不起。」我趕緊關上門。

是哥哥！一定是哥哥回來了！腦中一片混亂，我用力搖了搖頭，甩開腦中荒唐的想法。退了幾步，遠離哥哥房間，我清清喉嚨，故作鎮定。

「哥，這次回來怎麼這麼突然，等下換好衣服，下來一起吃早餐吧。」我的聲音隨著胸口激烈的心跳起伏不已。

這麼久沒回來，沒想到記憶中皮膚黝黑的哥哥竟然變白了。看來是在長時間待在室內，缺乏太陽光，這是回來，有時間一定要找他出去打球曬曬太陽。

「哥哥？」

房內無任何動靜，我轉身打算回房間，背後傳來很輕的開門聲，我顫抖地轉過身。

「哥哥」兩個字還沒來得及說出口，出現在門後的人，伸出手一把將我拉過去，在原地轉了半圈，腳步不穩，我失重往前歪斜，最後一雙手臂穩穩地將我抓住。

「我不是你哥。」秉住呼吸，我眨了眨眼，一張臉溫柔的映在我眼簾，「是我，季漠然。」

他的聲音輕柔，落在空氣間輕盈，彷彿是輕淺拍落池面的雨滴，擴散成一圈圈漣漪，在更多驚訝發酵以前，已經不著痕跡地打在我的心坎。

他穿著過大的運動服，運動服肩線比他的肩膀還多出三分之一，領口向上翻起，儘管穿著哥哥的運動服，依舊掩蓋不了他不是哥哥是季漠然的事實。

我奮力甩開他，抓住門把猛力闔上後，又再度打開。

眼前是……季漠然。

再一次關上，打開。

我揉揉眼睛，眼前還是季漠然。

緊了緊手心下的門把，正想再重複一次關門的動作，「別鬧了。」季漠然看出我的心思，搶快一步抓住我的手。

張口想辯駁，樓梯間響起一陣腳步聲，季漠然和我很有默契地往旁邊轉頭。

「瑄瑄，下來吃早餐吧！還有順便叫——」媽媽的聲音隨著她的視線抬高戛然而止。

接著，她曖昧地衝著我們一笑，「別拖太久，整理好了就下來吃早餐！」

看著媽媽的背影消失在樓梯轉角，我僵硬地看著抓住我的那雙手，季漠然趕緊放開，我們對視了兩秒。

接著，季漠然和我相繼往一樓衝下去！

「媽媽！妳誤會了！」

「伯母，妳請聽我說！」

老天爺啊！請把我昨天以前的平凡日常還來！

作為一天開始的早飯時間，簡直是場災難。

比較晚起的爸爸不明現況，到玄關拿報紙走回飯廳，習慣性地拉開我旁邊的椅子，立刻被媽媽阻止。

「別打擾到他們！」媽媽大義凜然地表示。

我差點被豆漿嗆到，坐在一旁的季漠然一直低頭在吃煎餃，雖然看不見他的表情，但他的耳根都紅了。

匆匆吃完早餐，我趕緊提起書包逃難似地奔出家門。

「伯父伯母看起來也忘記我，這到底是怎麼回事？」走出家門，季漠然一臉挫敗。

「沒有忘記！我想了一整晚，你不是班長，你是誰？」我抓住他的衣領，語氣煩躁。

我以為班長說不定有雙胞胎，昨天還特地打電話問了一年級和季漠然同班過的溫子語，他很肯定季漠然是家中獨子。

戶外天氣晴朗，暗巷裡一條狗衝了出來，邊跑邊歇斯底里狂吠。

季漠然一點一點睜大眼，眼底裡翻湧著各種情緒，臉上的笑意越來越淡：「……果然妳不是瑄瑄。」

「你說的瑄瑄是誰？」

「何媛瑄。」

我一字一頓，不耐煩地說：「我就是何．媛．瑄！」

「不是，我不是這個意思。」

「那你是什麼意思？」

季漠然神態自若，舔了舔嘴唇，一陣風輕拂，悄然掀起他覆蓋在額前的瀏海接著，他輕聲說道：「也許我不是這個世界的人。」

腦袋嗡的一聲，我看著眼前的人，原來就帶著陌生感，現在更加強烈，全身上下的血液瞬間凝結一般，我不由地打顫。

「你……說什麼？」這是什麼國際笑話嗎？不是這個世界的人，難道是另一個世界的人？

季漠然又重複說了一次：「我只是說可能，我和妳不是同一個世界的人，我親眼看見妳，瑄瑄送進醫院，然後親耳聽見醫生宣告她死亡，除非我也死了，否則只有這個可能。」

他的聲音十分平淡，彷若自然而然就是這麼一回事，但臉色明顯沉了下來。

我本能地後退一大步，想離他遠一點，這種時候，他太過冷靜，反而讓我不寒而慄。

這像話嗎？他就是我們的班長啊，正的看，反的看都是一樣。

我鎮定地反問：「你不要下一句跟我說你是穿越，這太荒唐了。」

他搖了搖頭，似乎還在思忖著要怎麼開口。

「我也搞不懂，我是季漠然，妳是何媛瑄。」他舔了舔乾澀的嘴唇，小心翼翼地看著我：「我和妳，絕對不是漫畫人物與現實角色錯亂或歷史衝突這麼簡單，而是真真實實存在的兩個不同世界的人，平行時空，妳聽過嗎？」

一怔，我頓時無語。

他的眼眸沒有一絲紊亂，乾淨彷若萬里無雲的晴空。季漠然說完話後，安靜地凝望著我。

我試圖在他的眼裡找到一絲玩笑的意思，但只是看見了更多的堅定。

「你怎麼能這麼鎮定，這麼肯定？」

季漠然依舊和顏悅色，聲音卻洩漏了他的焦躁：「我沒有，我也快要瘋掉了。如果真的是這樣的話，我不該在這裡，我不能在這裡。」

我強壓下湧上心頭的恐懼，平靜地反問：「為什麼？」

「她死了，我不是說了嗎？她死了，她是被人害死的。」

「所以說，你想回去找是誰害死她？」

季漠然輕擰起眉頭：「這不是廢話嗎？」

平行時空，這像話嗎？

世界交錯，在我們毫無預警的狀態下，他的話聽起來或許荒唐，但是這一刻的我們卻是真真實實地清醒。

「別說妳，我自己也不敢相信，妳會活生生地再次出現在我面前。」季漠然表情苦澀。

「別再說那這件事！我還沒死掉！」

照他的說法，他是來自另一個時空的季漠然，至於是因為什麼導致時空錯亂，而他會跑到這個世界，他也不清楚。

但可以肯定的是，現在的這個季漠然和原來的季漠然，以及在他原本的那個世界裡，我已經不存在了。

現在也不是執著這個問題的時候，我看了一眼時間，揉揉眉心，才一大早，就開始頭痛了起來，「兩個世界的問題，等只有我們兩個人的時候再來處理。我不管在你那個世界裡的我是如何和你要好，總之，這個世界中，我們的關係僅止同學。」

我和他約法三章：一、在學校不能找我說話，要裝作不熟的樣子，二、這個世界裡真正的季漠然是個冷面公事公辦的人；三、就算聽到了不明白的話，也要假裝明白，蒙混過去。

總之，一定要安然度這今天。

季漠然也是明理人，很爽快地答應。

「媛瑄。」

剛踏出暗巷，一道熟悉的嗓音落下，挾帶著錯愕。

我也一愣。

溫子語站在對面的路口，不知道他是不是看見了我和季漠然剛才在一起，也不知道我們的對話有沒有被聽見。

「嗨！」我慌亂地和他打招呼：「子語，你今天怎麼這麼早出門？」

還好我以防萬一讓季漠然繞別條路去學校。

溫子語眼裡帶著探究，涼涼地看了我一眼，「我們不是說好今天要在早自修前討論英文小組作業嗎？」

他不說，我還真的完全把這件事拋到九霄雲外。

「我忘了。」我雙手合掌，求饒意味濃厚。

溫子語聳聳肩，雙手插進口袋，下巴有些隨興地點了點前方，沒等我便自顧往前走，「沒事。妳笨又不一天兩天的事，妳的部分我幫妳寫好了。」

臉頓時黑了半張，我追了上前，邊跑邊說：「大人你的大恩大德，我沒齒難忘。」

「大份玉米蛋餅、兩份薯餅和大杯冰奶茶。」他輕應。

我愣了一秒沒反應過來。

「大份玉米蛋餅、兩份薯餅和大杯冰奶茶。」他耐心十足地用小學生朗讀課文的速度重複了一遍。

「啊，這這這坑爹啊！」

對於我義正嚴詞的抗議，領先我幾步的溫子語只是慵懶地抬起手臂揮了揮，高舉的手中攥著一本黑色本子，上頭寫著一行字，簡潔有力：英文作業簿。

我們正好拐了一個彎，正對著街口的早餐店，我認命地採下剎車。

「我買完早餐就去，你先回教室吧。」

溫子語鋒芒畢露的冷傲收斂許多，計謀得逞後，他霎時眉開眼笑，「我要吃熱的，買完用跑過來。」

「聽到了啦。」我翻了翻白眼，轉身走進早餐店。

在班上，女同學間私底下把溫子語和季漠然稱做冰山美男。

溫子語端正的五官，加上有一雙淡漠但深邃的瞳眸，肩寬腰窄，年紀輕輕就帶著成熟的氣韻，班上有不少女同學都被他那雙攝人心魄的眼神迷得團團轉。

我只知道，他就像是紛飛在雪夜的雪花，儘管帶著無法輕易接近的冰冷氣息，一旦握在手上便會融化，只可惜他不受任何拘束，恰如那飄渺的飛絮，抓住他的那個人到現在依舊是個謎。

站在路口，我有些怳然，停等著號誌燈變換，懷中揣著熱氣騰騰的早餐，視線擦過晨光下的街景，腦中憶起昨天到今天間發生的種種異象。

如果有一天，所處的世界，周遭和人事外觀近乎百分之九十相似，然而睜開眼，外觀底下卻是個截然不同的世界，究竟有哪些人，哪些事和原先認知的事一樣，哪些又是不一樣？

現在的季漠然究竟是抱持著什麼樣的想法在看待這一連串的變異？

甩掉腦中的聲音，我抬起頭，秦琪已經在超商外等我，她大力朝我揮揮手。

對街的號誌燈正好轉換成綠燈，我拉正背包，我抬起頭跨步向對街走去，才剛抬起右腳，後方忽然伸出一隻手按住我的肩。

我登時停下，抓起搭在我肩上的手，旋過身——

「你怎麼還在這裡？」看清對方，我脫口而出驚呼。

加上我買早餐的時間，都已經過了少說有幾十分鐘了。

對上一雙澄澈水靈大眼時，腦中忽然一閃而過這樣的想法。

倘若他說的一切假設成立的話，出現在我面前的這個季漠然是來自另一個時空（世界）的季漠然，那原本的季漠然突然跨越了另一個時空，那該有多惶恐？

以及，我們的班長是否也已經察覺並了解這連串的變化？

「我想，我還是陪妳到對面吧。」季漠然一手放著胸口，看樣子是從另一頭跑過來，他一面喘著氣一面說道：「這裡還不是學校，可以嗎？」他的眸中閃過一抹哀求。

我左右張望，沒有見到熟面孔，站在對面商店外的秦琪正好低頭在看手機，來來往往的人潮也恰好擋住我們兩人。

興許是突然泛起的同情，又興許是突然的新鮮感，我態度軟化：「那好吧，只能到對街。」

跟在季漠然背後，他走得小心翼翼，每一步，每一步都十分謹慎，就像是在堤防著什麼可怕的事物。

這次，季漠然很守信，到了對街便和我分開，他早我一步走進校園，他的踏步很沉穩，偶爾趁著周圍湧上的學生人潮，他會往快速地回頭，眼神點過我身上後，又立即轉回。

那天，他滿心歡喜地回到學校想和她報告好消息，等來了她的死訊。

盯著前方笑得若無其事的班長，我想起早上在校門口第二次分離之前，季漠然留下的倉促話語——

❀

「昨天下午我在全縣運動會游泳項目拿到冠軍，我滿心歡喜地回到學校想和她報告這個消息，卻只等到了她的一句話。」季漠然面沉如水，氣氛忽然降到冰點，「我說我贏了，可以實現約定了，她說我不想活了。」

「為什麼？」

「我不知道，我只知道我不該在這裡。」

旋轉於姆指和食指之間的螢光筆掉了下來。

第三節課下課，我看著講台上正在和英文老師說話的李漠然，他很認真地記下班導交代的事，邊聽邊點頭。

要分辨他和昨天以前的班長有何差異對我而言，實在太難了，如果這一切都是真的，他要怎麼做才能成為一個完全不認識的人？

但這到底又是怎麼回事？

這個世界上存在著許多難以解釋的現象，而平行時空也只是其中一個現象，有時候不是沒有遇到就代表不存在，只是當碰到時，一般人普遍無法接受，因此，才會有許多為了能讓自我信服的說法產生。

遇見超自然現象時，以科學的角度，一種說法是空氣間分子和光線變化造成，一種說法是當事者喝茫了；另一種說法是精神分裂症的前兆。

可以想像的是，如果世界依舊安然無恙，講台上的季漠然現在該在為另一個何媛瑄奔波，他和真實的班長不同，他並不是那種可以冷靜處事的人，可能會一一揪出並質問每個和何媛瑄生前有關聯的人，可能會板著一張可怕的臉審視每個參加葬禮的同學。

本該由他承擔的悲傷和復仇被另一個季漠然承擔了，那現在他該承擔什麼？

掉落於桌上的螢光筆在上課講義上滾動時拉出歪斜的曲線。

「All truth is crooked, time itself is a circle.（所有真理都是彎曲的，時間本身就是一個圓。）[2]」

我斂下眼，黃色筆尖正好停在circle上，在單薄的紙面浸染上更多黃色顏料之前我趕緊將螢光筆拿起來。

整個早上他的舉止或是表現都沒有任何破綻，該不會是班長耍我吧？現實生活中不是也會有

---

[2] 出自尼采的《查拉圖斯特拉如是說》。

嗎？資優生因為讀書讀到壓力太大而精神異常。

老實說，我很擔心他會做出和昨天一樣脫序的行為，或是對班上的人一個都不認識，但一面又很希望能多看出一點異狀。

晚上媽媽回家時，順便問問她有沒有遇過這種病例好了。我邊想邊摸出手機，發了條訊息給媽媽。

「湯圓，怎麼了嗎？你有事要問老師還是班長嗎？」秦琪看見我盯著前方好一段時間都沒動作，疑惑地問道。

我們離講台只有幾步的距離，秦琪的聲音也不算是特別小，不知道是不是聽見她的話，季漠然忽然轉頭瞥了我們一眼。

那種意味深長的眼神是什麼意思？

我停下原先想回的話，千萬種想法一下在腦中交錯打架。

班長以前會這樣看人嗎？不過想也沒用，我根本沒有特別注意過他。但這種溫柔的眼神和他過去的形象確實很不一樣。

倉促收回視線，我搖了搖頭，編了個理由帶過，「誰說我在看班長，我在看子語，我要監督那小子，沒準他跑去跟英文小老師說我抄他答案的事。」

為了提升可信度，我對著正好轉頭和我四目交接的溫子語，他似乎聽到我們的對話，立刻對我翻了個白眼。

「你們小倆口怎麼一天到晚抓對方小辮子。」秦琪也沒有懷疑，輕輕哼了聲：「不過你也滿神的，我還以為妳昨天說班長是玩遊戲的處罰只是瞞過閻王隨便亂想的理由，沒想到真的是這樣！」

「原來是這樣嗎？」

還好我事前為了以防萬一，先和季漠然想好一些應對措施。

「早上打掃的時候，聽到同學間的對話，好像是和遊戲的懲罰。」她輕描淡寫帶過，表情似不在意。

秦琪是很務實的人，雖然平時給人一種天生帶著嬌氣，不食人間煙火的形象，但其實只要與她沒有任何瓜葛的事，對她來說都不重要。

若是要從她口中打探班長的情報，就必須要抓準時機。

我適時地丟出了問題：「對了，妳知道班長的家人是怎麼樣的人嗎？」

昨天晚上，季漠然試圖要聯絡家人，但都轉接語音信箱。

因此我們猜測，說不定這個世界季漠然周遭的親人聯繫方式和那個世界的季漠然是不同。

「這個我知道，之前我幫忙整理班上的家庭資料時，有看過他的資料。」溫子語幫老師登記完分數後，走過來聽見我們的對話，說：「他的雙親都遠居在國外，家裡只有一個幫傭會定期來打理，好像是希望他能在台灣唸完高中後，再搬去和家人居住。」

看來昨天他無故不回家，不會造成這個世界季漠然家庭的困擾。

「原來如此。」我點頭如搗蒜。

「之前的班親會好像就是她表姊代勞，不過那時候班親會差不多快結束，我我只看到他們的背影。」溫子語一面回憶一面說道。

還想繼續深入問下去，但溫子語一回答完畢，秦琪就逕自結束話題，又將對話引到了其他瑣事上，溫子語也被班上的男同學叫走。

秦琪在我旁邊又嚷了幾句，我一句都沒聽進去，還沒歸納出一個結論，秦琪已經用力拉著我把我拖出教室，拉著我往學生餐廳的方向移動。

「今天下午我要和書記學長去印刷廠。」排隊等自主餐時，秦琪轉頭向我，故意一個頓點後，才切入重點：「要不要一起去？會在妳補習前回來的。」

秦琪是學生會的成員，偶爾學校有活動的時候，一個下午都看不見人影。

「妳是說那個書記學長！」眼睛一亮，端著餐盤的雙手一抖，托盤上的熱湯潑灑出來，趕緊重新端穩，我沉住氣又問道：「可是我記得妳說是和一位學姐一起去耶！」

「原本要跟我去的學姊突然身體不舒服，所以他代替學姊。」秦琪莞爾，「下午只有反毒週會，那種講座已經聽了快一百遍了，怎樣？要一起來嗎？」

我大力點頭。

偶爾，在人生的某一階段中，會出現自己專屬精神糧食一樣的人，就像秦琪的書畫，還有我手機裡面大量的偶像照片，而書記學長就是這樣的存在。

秦琪露出一副我就知道的表情，不忘叮囑道：「記得跟班長請假。」

「啊，只能跟他請假嗎？」一聽到他，我的心陡倏然一跳。

「早自習的時候班導說下午他不在學校，溫子語要去班級數學競賽，妳別吵他比較好。現在當然只能跟他請。」她泰然自若地道。

「那——」

我還想反駁，但她絲毫不給我說話的機會，「放心，雖然我們班長是個冷面學霸，不過在這種事上，不會太為難同學。」

我抓抓頭，欲言又止，問題是現在我們班長不是我們班長啊！

秦琪奇怪地看了我一眼：「他本來就是很冷淡的人，你別怕他。」

「我不是怕他。」

要跟一個冒牌班長請假的感覺實在太怪異了。

秦琪不會讀心，不懂我在想什麼，不以為意地說：「想跟我去，就乖乖去請假。」

也是，管他是不是真的班長，反正他現在還是我們班的班長。我用力地吐了一口氣，再爭辯下去也是沒完沒了。

走到一半，秦琪忽然停下腳步，我順著她手比劃的方向，目光一掃，在人群中找到她指的亮點，書記學長坐在往前沒幾步的桌子邊。

心中的陰霾瞬間一掃而空！

別說我是外貿協會，人生有帥哥如一寶，能治百病的。

秦琪領著我很自然地坐到了書記學長身邊的兩個空位。書記學長面前擺著一份完好的餐點，而他垂著頭，窗外日光輕灑在他身上，彷彿是披著整片星辰的絢麗，書記學長全神貫注在手上的資料上，連我們靠近都沒察覺。

秦琪輕咳了一聲。

他驚動似地抬起頭，像是渲染開的暖色水墨，他彎起眼角，「學妹來了。」

他收起手上的文件，帶著一點好奇的目光停落在我身上。

偶然陪秦琪去繳交學生會資料時，在辦公室遇見了書記學長，僅僅是看見對方的一個機緣，因此，正確來說，我們互不相識。

開口正想自我介紹時，秦琪先替我們開場：「我朋友對我們的工作有興趣，下午我想帶她一起去。」

「沒問題。」書記學長頰邊依舊掛著笑，「我是方哲熙。」

他的聲音與他的氣質重疊，冷不防地撥擾我心弦。

「學長好，我是秦琪的朋友，何媛瑄。」話到最後，我還記得要收起快溢出嘴邊的笑。

客套了幾句後，秦琪開始和方哲熙說起學生會的事，我插不上對話，於是安靜地吃午餐，耳邊擦過他們的對話，目光始終如一地停在眼前完美的近乎不可思議的學長身上。

「湯圓。」秦琪突然用手肘撞了我一下。

我一驚，「怎麼了？」

「妳看那邊！」

我眨了眨眼，眼前一群學生正好從自助餐的方向離開，我徹底茫然，「看什麼？」

難道還有另一個書記學長？

「季漠然在我們斜前方的位置，妳要不要現在去請假？」秦琪捧著我的臉轉向另一邊。

擋在前方的學生漸漸散開，一張熟悉的臉龐出現。季漠然自己一個人坐在十二人座的長桌邊緣吃飯。

「漠然一直都是自己一個人吃飯嗎？」方哲熙湊了上來。

我猛地回頭：「你認識季漠然？」語落，我察覺我的失態，趕緊摀住嘴巴。

方哲熙對著我的反應只是淺淺一笑。

「何止認識。我們從小一起長大，就像兄弟一樣。」

書記學長認識季漠然！

說話的同時，我沒錯過，他黑眸裡挾著一點溫情，看來兩人的關係不淺。

「這樣啊。」秦琪的反應很淡，隨即向我催促道：「趁現在去跟他請假吧！不然待會就要等到午休結束才能請了，而且現在韓樂琳不在附近，時機正好。」

方哲熙也湊了上來，「要不這樣吧。學妹妳把漠然也叫來，他自己一個人吃飯太可憐了。」

我愣了一下。

現在還沒弄清出季漠然在這個世界的親友關係以前，貿然和其他人互動都不是很明智的舉動。

班上的同學還能免強糊弄過去，但如果是情同手足的朋友，那就不一定了。

「還是下次吧。」還好秦琪也不願意，她搖了搖頭說：「我們在討論下午的事，他過來反而不方便。」

「我去跟他請假。」趕在對話朝不可收拾的方向發展前，我從座位彈起來。

我走走停停，走一步如腳上有千斤重。

牆上的電視機播報著整點新聞，收訊不好，主播的聲音混著雜訊斷斷續續地，然而，我一顆心更加地雜亂。

感受到背後有人，季漠然旋過頭來，我忍不住凍結在原地，與班長有著同樣臉孔的他，臉上同樣凍著結霜般的淡漠。

刻意與他拉開一步的距離，相隔著微妙的差距，他的雙眸裡彷彿有著一片浩瀚，而我在剎那間點亮了他的全世界。

我往左挪動了幾公分，用身軀擋住他的正面。

四周來往的學生中，不乏是我們班的同學和認識我們其中一人的同學。

「嗨，這個世界的媛瑄！」季漠然對我漾起微笑。

我模仿他的語氣說道：「嗨，另個世界的漠然！」

瞥見他壓在餐盤底下的一張活頁紙上寫滿了各種假設。心情不由地沉重。他察覺到我的視線，飛快把活頁紙藏到了餐盤底下。

「你今天還好嗎？」我湊近，壓低音量。

聽見我的話，他的表情有些挫敗，一秒後如尋獲救命稻草般重現光彩。

「我快瘋了！你們班長還是人嗎？我身上有寫著方圓十尺內生人勿近的牌子嗎？還有資優生又怎樣，一下課一堆人拿小學生都會的問題來問我，啊不就還好我都會──」

「Stop！」我打斷他的話，「你今天早上表現得很好，雖然不完全像真正的季漠然，但至少沒有人懷疑，剩下的話我們晚上再說，記得喔，要問出住家！」

「真正的季漠然是怎樣的人？」他反問。

他不知道，所以很無助，但我也不知道。

「季漠然很高傲，即便處在一群人的中心，他不輕易發言，還有……」我絞盡腦汁回憶著。

但我能給得只是一個大概，一個印象，但他很顯眼，在班上是不需要費心就能一眼被看見的存在。

「我記下來了。」他沒有逼迫我，回以一個溫和的笑臉。

他在另一個世界大概是很受女生歡迎的男生吧。

這幾個小時之中，無論面對什麼樣的事，他的笑都那麼直接和溫柔。

我遮住他的嘴說道：「NO！這個表情不OK！我想想，班長那個人根本顏面神經失調，同班兩年來，他臉上只有面無表情和冷笑，這兩種表情。」

季漠然在剎那屏住呼吸，垂下眼簾瞟向輕掩在他唇上的手，飛快地對我輕微晃了下腦門。

我抽手，臉頰微熱。

「你聽到我的話了吧？」我乾咳了幾聲，「總之，我是來跟你說下午我不會去參加週會，我要和秦琪去廠訪。」

「你要去——」被我瞪了一眼，季漠然趕緊改口：「我知道了。」他的眸中淺淺飄過一絲徬惑。

我別開視線，語氣放軟，「那就先這樣，我要回去吃飯了。有空的話就想想怎麼回去吧！」這不是他該來的地方。

我一個不相干的人士繼續站在全校風雲的學霸旁邊，都要變成新焦點了。

他若有似無地嘆了口氣，但沒有再說更多的話，看來他有把我的話聽進去。暗自鬆口氣，邁開步伐準備離開。

「我想破頭了還是毫無頭緒。」我聽見季漠然低不可聞地問：「我該怎麼回去？」

「那就祈禱吧。你總會吧，你能來到這裡，就一定有回去的方法。」

我轉過身，不想看他那張臉。

他猶如誤入汪洋裡的旅人，而我是那塊浮木，卻奮力逆著水流也要遠離他。

「還好嗎？」遠遠地，秦琪對我拋來關心。因為角度的關係，她大概只看見我呆愣在季漠然前面。

方哲熙也側過視線望向我們，眼裡滿是關切。

扯住我的那隻手，力量加劇，手心微微出汗，季漠然在向我求救，我終究還是做出了那個選擇：甩開他。

「沒事。我請完假了。」拉開秦琪旁邊的椅子，我重新入座。

「那就好。等會吃完飯後，我們先去辦公室，還有另一個學姊會一起來。」

「好。」我小力點了下頭。

我很自私，我知道。但即便良心難耐，我也還無法接受現況，自我欺騙地逃回那個原本平凡的生活。

❀

初來乍到的春天，還帶著上個季節的微涼，悄然點亮著個花季。

迎風，印刷廠入口一株花樹頃刻落下漫地紅花。片片嫣紅傾撒在黃石沙地上，我們腳邊，我彎下身，捧起一杓落花，日光折射下，彷彿是寶石般的光芒。

整整一天都和季漠然纏繞在一塊，既不浪漫也不乾脆，天氣好，但我不好。

這也是神開得一個玩笑嗎？

「學妹妳說什麼？」方哲熙止步。我都聽到了，他雙眸含著笑意凝望著我。

我剛才不小心把心裡話說出來了嗎？我愣在原地。

秦琪吃吃笑著，疾風一般經過我身邊，「是我開得玩笑。」
她也聽到了。
妳是神嗎？我苦笑，看來我真的把心裡話說出來了。
嘴角殘留的笑意還未消失，秦琪後腳抽離我身邊的萬分之一秒間，她貼近我的耳旁耳語。
我震了一下。
「聽說學長現在是單身。」她若無其事地說。
「我和學姊先進去見廠商的人，你和學長幫忙拿機車底下的東西。」秦琪在恰好的距離停下腳步，毫無誠意地頭也不回，卻藏著滿滿喜悅，命令道。
恰好的距離就如同，我總會在書畫學長和秦琪間刻意留下一個一個人的空間，而我身邊堆滿雜物。
這是報復？
我瞥向方哲熙，他的目光還抓著我，似乎想說點什麼，找不到合適的開場詞，於是乾脆什麼都不說。
他和我有什麼話好說的嗎？
「那是山茶花。」方哲熙突然開口。
「咦？」
「你手上的花。」他湊了上來，比了比我的手。

他離我很近，近得連在往前一步的空間都沒有，他的心跳混雜著雜亂的吐息聲，我的思緒一瞬間打結。

手一鬆，掌心中的花瓣順著很好看的弧度輕輕落下，覆蓋在我的鞋尖，他的白色帆鞋上。

方哲熙安靜地注視著我，臉上完美的弧度依舊無懈可擊，而我只剩空有其表的尷尬笑容。

「秦琪說要拿的東西在——」我胡亂地指了個方向。機車好像停在附近。

「停車場在那裡。」方哲熙握住我的手指，指向我的另一邊，「我知道機車停在哪裡。」說完，他鬆開手，沒有再理會我，逕自往機車的方向走去。

什麼情況？

克制住想要逃離現場的衝動，我捧著發燙的雙頰一顛一顛地跟在他的後頭。

走進停車場，方哲熙已經鎖好機車，抱著一個紙箱站在機車旁邊。

「我幫忙拿吧！」

我伸長手，在搆著紙箱邊緣的瞬間，他轉了一個方向，我撲了個空，半身向前傾，也許會失重摔落，也許會及時踩穩地面，兩個可能性誰先實現之前，方哲熙單手扶住我的腰際，阻止我繼續向前傾倒的動作。

「學妹反應這麼慢，好東西都被搶走了。」他拍了拍我的肩，接著又繼續往廠房前進。

「學長。」

他踩下煞車。

「謝謝學長。」我小聲說道。

清風下，他翩然回眸，又是一張好看的笑臉，看得我一陣暈眩。

這樣的人怎麼可能是單身？

回過神，方哲熙已經離開停車場範圍，我提起步伐快步跟上，查覺到背後的腳步聲，他腳步略慢，餘光下，隱約可見他含著笑的側臉。

然而陽光這樣明媚，我心念的他就近在眼前，卻在他身上，我看到了另一個人的影子。在我還沒意識到那是屬於誰的影子前，貼在他的腳步後面，我們雙雙進入廠房裡，明媚風光被阻隔在外，把那個他的影子也擋在外頭。

秦琪和學姊正好已經參觀完一圈印刷廠，秦琪熱情地對我招手，我撇下學長，晃到她身邊。

另一頭，方哲熙正和另一位學姊開箱帶來的文件，並和印刷廠人員討論格式和價錢。

秦琪抓住空檔帶我走過一圈印刷廠，她已經來過好幾遍，對印刷機器和操作方式早有了解，她的解釋很潦草，流水般草草帶過，我聽了一會，實在聽不下去，正想要抗議時，她的解說突然變得很詳細，於是，我沒插嘴，跟著她的介紹，走完一圈。

回到原點，廠商的人員已經走了，剩下的兩人在原處清點資料。

看這時間，週會應該也差不多結束了。

「妳對美術編輯有興趣嗎？」耳邊擦過疑問。

我不加思索地點頭。

「那妳想不想下學期加入學生會？」
秦琪加入學生會的時候，也曾經問過我，而我也說過我討厭麻煩事，怎麼又問我？
我不耐煩地開口：「我說過我——」
璇身的瞬間，我停下說到一半的句子。
眼前的畫面太過於荒謬，第一時間，所有的思緒和語言能力全數斷線。
「妳說過？」
在我眼前的不是秦琪，而是方哲熙。
他什麼時候站到我身邊？
仔細想想，因為方哲熙的聲線比較細，秦琪的聲音也不是很女孩子，剛才走到一半，我身邊就已經不是秦琪。
但剛才我明明就看到兩個人在整理資料。
……！
同樣的事我可不想再經歷一遍！
我緊張地一把抓住他，「你是原來的學長嗎？」
還想要捏捏自己的臉確認，這是現實還是夢境，下一秒，秦琪從方哲熙背後晃出來，帶著一臉驚嚇。
轉動眼珠，我望向學姊的方向，和她整理資料的人是現場另一個工作人員。

此刻，在場所有人都錯愕地看向我們這裡。
至少我還記得掩住我肌肉僵住張大的嘴巴，我剛是不是說錯話？
秦琪的表情比我還尷尬，一雙眼瞪大，『我竟然不知道，妳原來這麼飢渴嗎？』她的臉上清清楚楚地寫著這幾行字。
這比課堂上的大擁抱還要尷尬。
我吞了吞口水，「我剛其實是說……你是漠然的學長嗎？」
一陣清風呼嘯捲過我們腳邊。
「不是，我是說原來你認識季漠然。」說完，我自己抽了自己嘴巴兩下。
「我是他學長，我說過我們認識。」方哲熙日光清澈定在我身上，「不過怎麼會突然提到他？」
為什麼從我口中會冒出班長的名字？
這種情況怎麼辦，迎向現場四雙炯炯有神的目光，交錯在四條視線裡的疑問，鋪天蓋地而來。
現實不是電視劇，氣氛凝重的時候不會有緩和氣氛的插曲帶入，也不會有哪個角色突然特寫面部轉換氣氛，更不會快轉帶過。
秦琪擺擺手示意我接下去說。
我的腦中一片空白，費力地擠出一絲笑：「因為，他好像——」
空氣中好像有一隻手驀然壓在胸口，漸漸將我推向窒息邊緣。

聽不太清楚我的話，眾人向前傾身。

情急之下，我脫口而出：「我好像喜歡他。」

身後，印刷廠送貨的小貨車閃著方向燈，緩緩開入廠房內，橘色的提醒燈閃著我的臉龐一明一暗。現實並未被刺眼的光線暈染開來，至少，我的心在話一出口後凍結，但我異常清醒。

有時候，事情就是會剛好發生，而理由往往是以後再加上去。我為了一個和我毫無干係的班長，就這樣葬送了我的愛情，我我我……現在跳黃河洗得清嗎？

第二章
世界找回秩序的同時

戴著耳機，任由輕柔的曲調壓過內心的煩躁。

緩步走回家，時光輕漫恣意揮灑柔和世間無盡喧擾。今天夜空上看不見月亮，雲層太厚，街口的路燈不知道什麼原因也沒有開。

走到半路，接到了媽媽打來的電話。今天值夜班她不會回家，老媽憂心模式上身，她抓準機會叨絮唸了一頓。

被炮彈般的話攻擊，一陣槍林彈雨下，我踏著不算快活的腳步回家。

「妳和妳爸兩人不要到外面亂吃飯，我早上有幫你們先煮咖哩，冰在冰箱，底下還有蔬菜，不要嫌麻煩，清水燙來吃，你爸最近便……」

「知道啦。我到家門口了，我要找鑰匙，不說了。」總算找到了時機點，我掛斷電話。

放下一邊的背包帶子，我彎身拉開背包前面口袋。

視線滑落，昏暗的視野中，除了我一雙帆布鞋外，還有另一雙鞋子，有些舊的深色運動鞋，此刻鞋尖正對著我，翻找的動作瞬間定住，呼吸幾乎同時停止。

深吸一口氣，慢慢抬高視線……對方也同樣面露驚喜。

我向後彈跳了一大步，「你，你為什麼在這裡？」

季漠然扶著膝蓋站了起來，四面八方的陰暗一時之間全覆蓋在他身上，他的臉上幾乎沒有半點血色，看上去很疲累。

他沒有立即答話，只是扯了個淡淡的笑臉看著我。

「站在我面前的人是班長嗎？」我試探性問道。

季漠然搖了下頭。

「還是另一個季漠然。」我喃喃唸道，察覺不小心洩漏的無力，趕緊補上了個溫和笑臉：「你等我很久了嗎？」

他會出現在這裡，代表他還沒問到住所，他比我還要心累，不該再給他負擔。

「對不起，我還是無家可歸。」彷彿看出我內心的想法，季漠然勾了勾笑。

我張口想說點什麼，最後只是輕輕嘆了一口長氣。

「妳家裡好像沒人，按了很多次門鈴都沒人回。」他偏著頭。

我看了眼家門的方向，爸大概又加班，媽剛說了今天值夜班，放學後家裡沒半個人對我而言，是很習以為常的事。

「怎麼不打電話給我？」

說話的同時，我確認了手機的來電紀錄，除了秦珺的通話紀錄外，並沒有任何未接來電。

他穿過來這裡唯一值得慶幸的就是，錢包和手機都在身上，早上我給他我的手機號碼，雖然千叮嚀萬交代，有事再聯絡，真有事了，還和我客氣什麼？

「我手機沒電了。」他低著頭，像是做錯事等著被責罰的小孩。

我重重地嘆了口氣，莫名牽扯上奇怪的事，加上失常的發言，我鬱悶無比，然而積壓一整天的委屈情緒，看到他現在的樣子後，我一點都無法生氣。

不是他的錯，他比我還無辜。至少我還有家，他無家可歸。

「這段時間，你一直蹲在門口嗎？」

「嗯，差不多。」他一臉沮喪。

「我想既然你能來到這個世界，一定有回去的方法。」我拍拍季漠然的肩。

隔壁鄰居正好在這時候打開鐵門，一道白色光線打在我們身上，一輛白色休旅車緩緩駛出，然後又恢復原樣。

「但願如此。」他淡淡一笑。

明明是熟悉的景物，呼吸卻是陌生的空氣，拚了命大口呼吸，同時也把自己驅離。我們都是這片熟悉裡，最陌生的兩個局中人。

對視良久，一陣突兀的巨響打岔沉默。我們不約而同的看著對方的肚子笑了。

「進來吃飯吧，吃飽了我們再來想學校的問題。」什麼問題都沒有生理需求要緊。

季漠然跟在我後頭進到屋內，他幫忙把擺放在玄關的鞋子整理排好，才換上室內拖鞋。

放下書包，我拖著室內拖往廚房移動，他隨後也走進廚房。

探頭進去冰箱內，我頭也不回，從裡面捧出保鮮盒和蔬菜，「我熱咖哩喔，你應該不挑食吧？」

「我喜歡吃咖哩。」站在一旁，季漠然伸手過來幫忙撐住冰箱門，低頭含著笑，「我這樣白吃白住多不好意思，我做燉菜給妳加菜吧。」
「用熱水燙就好了。」伸手想搶用塑膠袋封好的蔬菜卻被擋了回來。
「沒事，我讓妳換換口味。」
季漠然在廚房動作熟練，對於廚具也是如行雲流水，看他切菜的刀法和姿勢，肯定是有料理習慣的人。
「你很常自己做菜嗎？」我有些驚訝。
「算是對料理有興趣吧。而且我爸很討厭外食，還有妳也喜歡我做的飯。」說完，他僵硬地看了我一眼。
「喔。他們真有口福。」我假裝沒有聽見他的口誤，我也還沒能立刻轉換他的身分，「另一個世界的何媛瑄是一個怎麼樣的人呢？」
「瑄瑄是很溫柔的人。」季漠然不假思索地道：「我們從很小的時候就認識了，小時候我很膽小，很常被欺負，上小學的時候，都是她走在前面保護我。瑄瑄啊，她真的是很堅強的人，開朗愛笑……所以我想不懂她怎麼會就這樣自殺了。」
他背對著我，所以看不見他的表情，但是他的動作卻比先前更慢了一點。
意識到這個問題似乎會勾起他的悲傷，我改口問道：「不過，我有個疑問。」
「有什麼問題嗎？」他頭也不抬溫和地應道。
「來自另一個世界的你來到這裡，那原來的季漠然呢？他跑去哪裡了？」

季漠然頓了一下，像是在思考，「我猜應該是和我互換了吧。」他的語氣不是很肯定。

「你猜？」

「嗯。」季漠然試了試味道，抿抿唇後才開口：「如果我們的假設真的成立，那平行世界既然已經出現兩個了，那由此也可以假設還有的三個、第四個，或者更多個。」

「你的意思是，現在這個世界，不對，這個時空……不對，這個宇宙裡有好幾百個季漠然在各時空裡跑來跑去？」我用怪裡怪氣的聲調認真提問。

現在的狀況簡直搞笑至極，前天我絕對不可能相信有一天我也能這麼認真的看待這些不合常理的胡話。

「也有可能是有好幾個何媛瑄啊。」

「嗯？」

季漠然好笑地用鍋鏟指著我，「我的意思是，也有可能是好幾百個妳在跑來跑去。」

「天啊！那怎麼辦？」我捧住雙頰，「我們是不是該打電話給……NASA？不對，這樣你可能會被抓走，還是問問中研院？用匿名的方式……我不想你被抓走。」

「瑄瑄，沒事。沒人會被抓走。」季漠然輕聲安撫，「我說的只是假設，但我覺得只有兩個時空錯亂的機率比較大，世界有一定的時空秩序，否則這世界早就大亂。」

「說的也是。」我笑。

季漠然莞爾，「不過仔細想想，等我爸回來後，發現兒子忽然變悶騷，會有多大驚嚇。」

他蓋上鍋蓋，轉過身正面向著我。

「你媽呢？」

他該慶幸這個世界的季漠然雙親都在國外，不然受驚嚇的就不止一家人了。

「我爸媽離婚了。」

「噢，對不起，我不知道。」我聽見他很輕微地嘆氣。

「我媽大概不會發現吧？她連兒子是怎樣的個性都不知道。」

「這樣啊。」我扯開笑容，但忽然開口卻說不上話。

把咖哩放進微波爐，順便淘米煮飯，一切就緒，只剩下等待之後，我把自己陷進沙發裡，動動手指，滑滑手機，刷刷臉書動態，清閒不過幾秒，輕快的手機鈴聲在屋內迴盪。

側耳聽了幾秒，我轉向廚房，「你的手機響了。」

「我放在電視櫃後面充電，你幫我拿一下。」微弱的聲音穿透廚房拉門。

我快步跑到去，翻出他的手機。手機螢幕上是一串未知號碼來電。

「沒有紀錄的號碼，要幫你接嗎？」

「是0959開頭的號碼嗎？」

我仔細對照，「沒錯。」

「那支號碼已經打來三次了。」他的聲音漸強，最後變回正常值，「幫我開擴音。」

他從拉門後徐徐走出。

「好。」應聲的同時，我按下通話。

「喂？你總算接電話了，你這小子竟然敢不接我的電話！」電話一接通，爆出一連串的句子，

「……我在你家門口了，你有在聽嗎？」

聽起來像，那個我所認識的班長被討債了？

偽當事人看了我一眼，我點了點頭，他清清喉嚨，小心翼翼開口：「我在聽。」

「聽個鬼！聽到了還不快幫我開門。」

回家？這個凶巴巴的女人是誰？我疑惑地和季漠然對換眼神。

他顯然也是一頭霧水。「這語氣聽起來很像我媽。」他喃喃自語。

「她是誰？」我用唇語問他。

「我也不知道。」

「是你媽嗎？」家人就算不是同一個，至少長相和聲線會一樣。

季漠然眉心皺成一團，點了點頭又搖頭，「媽？妳怎麼回——」他輕聲確認只到一半。

「誰你媽？前天不是才通過話嗎？我說過我這段時間要暫住你家，沒來車站接我就算了，我在門口站了半小時了，你還不來給我開門！」

季漠然神情緊張，「等等，所以妳是哪位？」

「掛斷了。」他楞了好幾秒才反應過來。

這時期，過分安逸的時刻，果然是奢望。

對著手機沉默一會，我說道：「不是你媽的話，我覺得是你表姊，不然就是阿姨之類的。」

「我也是這麼猜想。」

但現在重點是，他家在哪裡？

❀

鬧劇般的電話後，本來我只要假裝是報告需要問出地址來就好，結果最後演變成搞笑形式的見面會。

不過這也都是季漠然的錯，誰叫他一臉適應良好，在班上一天什麼關於班長的私人情報都沒打探出來！

「不好意思，可以再說一次妳叫什麼名字嗎？」坐在我對面的長髮氣質型大姐姐大概全身的禮貌都用在外表上，一雙眼瞪得大大。

盯久了她臉上的妝容似乎太艷了。

「何媛瑄。」方哲熙先幫我回答了。

至於他為什麼會在這裡，這就要將時間推回半個小時前。

我和季漠然圍在餐桌前想了很多辦法，最終決議出最安全最快速的方法，就是由我以報告需求為由打電話問出季漠然家地址。

當然當事者也有很重要的任務，在最短時間內，透過季漠然的社群軟體設法看出他和表姊的互動關係。

但很明顯的是，這個世界的季漠然在成績上不是一般人外，私生活領域也不是一般人。

他的臉書頁面乾淨得彷彿註冊名號那天後就未曾使用過。

季漠然線慘痛失敗。

然後是何媛瑄線，也以非常華麗的方式失敗。

「不好意思，因為我有很一份很重要的作業必須交給本人，所以麻煩你可以告訴我季同學家的地址嗎？」

就只是一句不附加任何隱藏意思的問句，最後卻演變成，晚上八點，季漠然要帶女同學回家，然後要和身為「名義上關係人」的表姊和「名義上稱謂」哥哥的兩人在住家公寓下的咖啡店見面。

「這兩個人應該和你沒有任何直接關係吧？」我用唇語對季漠然拋出問題。

直白點的問法是，他們憑什麼干涉班長的交友關係，班長的人際關係簡直是匪夷所思到不可思議的地步。

季漠然很認真地思考半晌，然後小聲地誠實稟告：「這個嘛，我也不清楚。」

「怡瑄同學。」氣質姐姐以不耐煩的語氣打斷我們。

我抬起雙眼，她的眼神咄咄逼人。

「是媛瑄。」我有些沮喪。

「隨便。我就直接問了，妳接近我們漠然有什麼目的？」

她剛說了「我們漠然」嗎？

要不是開場自我介紹時，各自的身分區分的一清二楚，我搞不好還會以為坐在我面前的是漠然的媽媽。

「妳是不是誤會了什麼？我不懂我只是打個電話，就需要接受這種……諮詢？」氣氛搞得好像我是犯人似的。

「你們在同居嗎？」她像是沒聽到我的話，接著又道。

方哲熙很沒禮貌地直接把口中的紅茶噴出來。

「小姐，妳誤會了。」雖然被噴了一身紅茶，季漠然倒是先替我澄清。

氣質大姐姐嘴角抽蓄，臉上大大的寫著「EXCUSE ME？」兩字。

季漠然愣了一瞬，隨即反應過來，「阿……阿姨？」

氣質大姐姐已經完全自毀形象，一雙眉挑得老高，「你再說一次。」

方哲熙整個笑到抽氣，手上的紙巾都不管了。

季漠然嘴巴開開合合老半天，終於微弱地吐出一個字：「妹——」

「啊別管這個，總之，漠然姐姐妳不是要漠然幫忙開門嗎？」搶在他說出那個滅世之詞之前，我強硬的轉開話題。

「是沒錯，那又怎樣。」班長姐姐重新轉向我，姿態又回到原來的高度。

我深呼吸，接著順暢地說道：「但就算妳想要回家也沒辦法。」

「妳說什麼？」

季漠然也是一臉驚訝地瞪著我。

「因為，他把鑰匙弄丟了。」我得意地朝季漠然的方向拋出一個眼神。

看吧，這就叫神助攻。完美的轉開稱謂錯誤的窘境，又能順便解之後無門可入之危。

得意不到一秒，班長姐姐翻了翻白眼，「他家又不用鑰匙。」

「咦？」臉上的得意瞬間凝固。

「他家是密碼鎖，密碼每三個月會更新。」

什麼！茶杯輕撞上茶盤發出清脆聲響彷彿是迴旋曲在我耳中漸大。

「是我說錯了，就算是……」我勉強扯開笑容。

「以前小漠不會這樣無故離家出走，原來是妳這樣帶壞他。」鄙夷的視線上上下下打量著我，激的我一陣雞皮疙瘩，「我昨天在網上看到人家轉發一張照片給我看，我就想他怎麼可能會做這種事，看來是交到壞朋友了。」

班長姐姐彷彿拿得是個進入倒數的炸彈，粗魯急切地將手機推到我面前。

螢幕上是一張照片，該看的部分已經貼心放大，一個男孩子摟著另一個女孩子，從角度來看是從後方偷拍，雖然只是兩個模糊的背影，不用仔細思考就拿知曉那張照片的背景和來歷。

這這這，全是冤枉啊！我沒想過竟然有照片流出去，怪不得今天走在學校路上都覺得背後有涼颼颼的風。

方哲熙像是第一次見到這張照片，臉登時風雲變色，語氣冷了幾度，「學妹，這是怎麼一回事？妳怎麼能偷襲季同學？」

我、我、我、這角度像偷襲嗎？我像根電線桿一樣直，哪個角度像偷襲？

「你們老師也有問題，我明天就拿這張照片去學校找人理論。」臉部神經繃緊到一個極致，班長姊姊兇狠狠地把手機抽回去。

全身的血液好像急速逆流，沒忍住，我脫口而出，「哇，現在你們兩個是他爸爸媽媽嗎？說我帶壞他？班長要是這麼容易受人影響，那他家庭多壓抑多不自由，才會讓他像根草一樣一吹風就亂倒？要不是我幫他，他根本——」我用力咬住嘴唇，才挽回差點就要脫口而出的真相。

氣死我了，我猛搧手臂，卻感受不到半點風。

可是啊，他以拙劣的演技安然度過這一天，站在他的立場來想，這是好事，但這意味著，原來的他，在這個世界也是那樣孤獨。

早就被原世界背離的他，到了至少還有家人關心的世界，為什麼我感受不到親情的溫暖，反而是更無盡的寂涼？

季漠然忽然從桌子底下抓住我的手，我不明所以地轉向他。

「是我之前跟何同學鬧著玩的時候不小心說溜嘴，住家的密碼當然不能輕易讓他人知道。」他的目光毫不隱諱地迎向我們對面的女性。

「原來如此。」她冷哼了一聲，掀動嘴唇似乎還想說什麼。

「夠了，今天不要說這些。我想回去了。」他的語調一瞬間凍成冰塊，如萬里寒霜，就和班長一樣。

我差點就要相信眼前的人是班長。要不是他握著我的那隻手心冰涼，透過掌心很深刻地感受到他的害怕。

可以的啊，看來我不用擔心他會露餡。

確認走出咖啡廳的兩人走遠後，我深深吸了一大口氣，極度壓力過後的新鮮空氣又嗆又涼。

「對不起，鄭昕只有在對漠然的事才會特別敏感。」聽見方哲熙的聲音，我才想起這場鬧劇還有一個人在。

「難道漠然同學和他表姊是什麼不可告人的關係嗎？」我撫摸著手腕上微寒的溫度，造成緊繃的因素消失後，整個人也漸漸放鬆下來。

「當然不是。」方哲熙饒富興致地睨了我一眼，「但我很好奇，一個今天下午才說喜歡對方的人，晚上就和人家出入成雙，而且剛才看你們走進來的樣子挺熱絡的，妳的問題我還給妳。」

「這只是……意外。」我結結巴巴說完，旋即機伶地轉移焦點，「倒是學長你，鄭昕姊姊關心自己表弟非要見一面正常，你跟人家湊什麼熱鬧？難不成你和班長有特殊關係？」例如已達昇華等級的兄弟情。

這話聽起來煞無其事又若有其事。

須臾之間，我明白平時班上的女同學在聽到偶像結婚那種天崩地裂的心情。等等，如果真的是這樣，那季漠然可就有得受了，別到時候穿越回去，他的性向順便轉了一百八十度的彎。

「這要看妳怎麼定義特殊，但漠然他確實是很令人在意的孩子。」方哲熙有意無意地勾起唇角，臉頰出現了個酒渦，眼神倘露著紙醉金迷的迷惑。

「你們真的是那種關係？」我伸出兩隻手指，兩個指尖碰了碰，指向出口，又指指他。

方哲熙不可至否地加深唇角弧度。

這啞謎打得我難受，但他有意，我沒心也得有心。

輕咳了聲，怎麼說都是別人爹娘心頭上的肉，我可不能袖手旁觀，「嗯，我個人是不反感，但你看這樣吧，學長你也快學測了，最近就別把心思花在戀愛上。」

方哲熙沒心沒肺地大笑了起來，舉起手阻止我繼續說下去，「夠了，我和漠然的事，我會自己看著辦。」

我被他形象全無的大爺似大笑，瑟瑟地激起了一個冷顫。

他的目光如冰刀，我險些語無倫次，「學長，你長得一表人才，乾乾淨淨，還怕天涯沒芳草嗎？要不這陣子換換口味……先把班長空出來？」

談戀愛也得看清楚對象，現在的班長是Fake One！

「把他空出來，機會白白讓給妳啊？」方哲熙抓住我語病，意味深長反問。

「啊不是，我不，我……」那多讓人難為情的話怎麼好讓人再說一次，沒把握再說一次謊能像前一次流利，我索性裝死，「總之，我沒那個意思。」

方哲熙目光倏然一動，撐在下巴，有一瞬我覺得他讓我想起某種冷血性動物，狡詐危險，「這陣子我忙於學測，確實有點疏於關心那小子。」

啊，這話反過來說是不是等同現在開始他要卯起來關心漠然。

「你忙你忙，不用特別關心他。」

「像今天這種打電話來問地址，還有把人帶回家的情形，不要再有第二次了。」

「這又是為什麼？」

「學妹妳知道嗎？等妳今天走出這裡，明天再見面，我們就是情敵了。」

他掛在臉上的笑意不減，平白透著一股清冷，介在冷笑和溫柔之間，我忍不住正襟危座地挺直腰背，中氣十足喊道：「Yes, yes, sir.」

到底……為什麼會變成這樣？

內心亂哄哄一片，離開公寓後一段路，我才猛然想到，不知道密碼的季漠然，現在怎麼樣了。經歷世紀般的難堪過後，我至少還有家，那他呢？

現在我們生活在同一個世界，卻又是那麼的不同。無論是我的人生，還是他的人生，我和他都站在行雲流水一般的時間浪尖上，行走的步調太慢了，可是鋪天蓋地而來未知的難題卻早早超前了進度，稍不留神就砸了過來，叫人措手不及，卻又無能為力。

班長，你快回來！

這裡不是他該待的地方，真的季漠然也不是我該介入去理解的人。

❀

Faith: not wanting to know what the truth is.[3]

思緒一片混亂，翻了翻桌上的英文雜誌，從剛才進度就一直停在同一頁。

不論我怎麼用力拍拍自己的腦袋，或是掐自己，就是沒辦法讓自己平靜下來，再這樣下去，第一節課的生字考試又會考砸了。

F-a-i——「等妳今天走出這裡，明天再見面，我們就是情敵了。」昨晚的畫面閃現，就算睜著眼，眼前好像都還能看見笑得深不可測的學長。

我彷彿感覺自己的神經在短短幾日之內衰老許多，好似再吹個風就會斷裂。

「湯圓，妳再打自己，妳的臉上都有巴掌印了。」

---

3 出自尼采之言。

秦琪反坐在我前面的位置，撐著頭看著我，她伸出手，張開五指比了比我臉上的痕跡，一臉我朋友瘋了的表情。

「還不都是他的錯。」我面無表情轉向班長的位置，座位是空的。

回到自己的家，他大概開心到不想來上學，不過說不定等會來上學的人已經是真正的班長了。

要是真的是這樣的話，那我就完了。

班長的祕密就這麼在莫名其妙的情況下被抖了出來，不知道會不會生氣，光是想像我都害怕。

「湯圓，妳讀書讀到腦袋壞掉了嗎？」秦琪看見我又自虐，抓住我的手，然後反手搧了我一掌，「朋友，醒醒。」

「很痛耶，幹嘛打我？」我摸著臉，莫名其妙地喊道。

「還會痛嘛，看來妳很正常。」她振振有詞道。

看著眼前除了升學外，什麼煩惱都沒有的秦琪，我由生羨慕，忍不住重重嘆了口氣。

我總算明白為什麼高畑瞬[4]會對天大喊：「老天爺，請把我的平凡還給我。」。

以前怎麼沒想過，原來微不足道平凡日常其實很珍貴。

「為什麼突然嘆氣，咦？是妳的書記學長耶！他怎麼會來我們班上？」秦琪戳了戳我的臉，安慰我到一半，她看著後門發出驚呼。

4 出自日本金城宗幸漫畫《要聽神明的話》。

一聽見這話，我瞬間回神，抓起桌上的課本，把自己埋進去。

「湯圓妳幹嘛？嗯？」我聽見秦琪從位置上起身的聲音，身後吵雜的喧嚷聲似乎還夾雜著一句問句，隱約還能聽到班上女同學發出的疑問。

他，他來做什麼？

一定是來找班長……小情侶到班上關心對方這很正常。

正當我陷入無限自我說服，秦琪突然安靜下來，片刻後對著我說：「他好像是來找妳的耶！」

她興奮的聲音聽在我耳裡，毛骨悚然。

「妳幫我跟他說，我還沒來學校。」我更謹慎地埋進課本裡面，悶聲道。

秦琪的聲音充滿不解，「妳在說什麼啊？妳不是就在我身邊嗎？」

「反正，妳就——」

話還沒喊完，驀地一隻手用力抓住我，將我從椅子上拉了起來。壓在臉上的英文課本硬生掉落地面，書背朝上落在我腳邊。

幫我跟他說我不在……剩下的話哽在喉間，我睜大眼睛看著眼前的人。

「我已經看到妳了。」方哲熙垂下視線，清晰地說道。

一陣風揚起，吹起教室裡又是一陣譁然，比起前天數學課上的騷動還要猛烈，他的目光銳利，俊朗的臉上噙著一抹笑。

而我像是偷吃糖被主人抓到的貓一樣，在一瞬之間，忘了呼吸。

「你，你想幹嘛？」等我終於能夠呼吸後，我已經被他拉到教室外面。

雖然說現在還不是早自修時間，學生也還沒全部到校，但我對面的人天生就長著一張惹人矚目的臉蛋。

從教室內到教室外，一下子所有人的目光都集中到我們身上。

「太勁爆了，湯圓妳外遇嗎？你們是什麼關係？」秦琪趴在我們旁邊的窗戶框邊，嘴巴大到可以塞進一整個拳頭。

方哲熙就是掛著笑，卻一言不發。

「你到底……想幹嘛？別鬧了。」我用力想要掙脫他的手，抓著我的力道卻越來越大。「如果是昨天的事，我退出競爭，退出競爭。」這樣可以了吧。

我持續想甩開他的手，奮力踢了他一腳也沒有起任何作用，他依舊緊緊抓著不放。張口還想繼續罵，倏然我手腕上的力量消失。

物理課不是教過嗎？作用力與反作用力原理，兩個力量相抗衡時，當其中一邊消失的話，會發生什麼事……

一個踉蹌，我踩到另一隻鞋鬆脫的鞋帶，向前撲倒，面朝下跌倒在地。

不知道是哪個沒良心的同學用完水桶沒有歸位，我雖然及時雙手撐住地，只有手掌擦過地面，額頭卻硬生地迎接了水桶邊緣，火辣辣的疼直穿我的腦門。

「湯圓！」伴隨著秦琪的驚呼落下。

方哲熙顯然也沒料到我會跌倒，愣了幾秒回過神後，趕緊伸手把我拉起來。

「學妹，妳還好嗎？」他的氣勢全無，語氣裡雜帶著緊張。

居然還問我還好嗎？我白眼還來不及翻。

「你們在做什麼？」另一個聲音落入我們中間，宛若是透出厚重雲層的太陽光束一般，切開眾人的驚慌。

這是……班長的聲音。我急急忙忙轉過身，想確認聲音主人現在是哪一個。

「瑄瑄？妳怎麼了？」

看見對方臉上的震驚，我知曉他不是班長，還以為他回到班長家睡一覺後，隔天就會世界太平。

半句話都還來不及說，他指著我的臉，臉上的血色快速消退，「妳臉上怎麼有番茄醬——」

嗯？我納悶地摸了摸自己的臉。

痛，一陣撕心刺痛，緩緩將五指舉到眼前，鮮紅的血怵目驚心。

咚一聲，眼前的季漠然直挺挺向後倒下，走廊瞬間被爆炸般的尖叫聲填滿。

嗯……嗯!?怎麼我受傷了，結果是他昏倒？

❀

另一個世界的季漠然有懼血症。

恐怕是在那天，親眼目睹生命中重要的人自殺那天。宛如一個人的人間煉獄，他一路跟著對方坐上救護車到達醫院，直到看著對方被推進手術室。

站在手術室外，他才發現自己全身都是血，沾滿他一雙手還有臉，只要深呼吸就能嘗到滿腔的血腥味，明明不是自己的血，又彷彿是自己的血，來自心口上看不見那傷口。他感覺自己在那一天全身的血液都已經流盡了，那個人一起從世界上消失的那刻，他全身也跟著被掏空。

那樣絕望的一天，季漠然失去了她，然後遇見了我。

急診室裡，護士推著醫療車穿梭在中間走道，兩排病床各自收容各自的病人和家屬，簾子一拉上，鎖上個別的傷心故事。

日光燈下，病床上的人還沒醒來，他一張臉比床單還要白。

我抽了張紙巾，輕輕地擦去他額間的汗水，他的睫毛很長，覆蓋在一雙細長的眼上，瀅瀅燈光撲朔在他的睫毛上，彷彿是細碎光珠，柔美如畫。

有個衝動想要觸碰他，伸出手的剎那，他忽然痛苦地皺起眉頭，若有似無地發出很輕微的低喃聲，像是低頻率的吶喊聲，聽不見卻還是迴盪在我耳裡。

他儘管在睡夢中，表情也很不安穩。

我很想知道，當他沉睡之時，夢裡是否正不斷重演著那天？還遊蕩在這個世界的他，睜開眼的時間是地獄還是另一種逃避？

替他拉好被子後，我離開病床區。

「給你。」我將手上的罐裝咖啡遞到方哲熙面前。

從包紮完出來後去看過季漠然，走去販賣機旁再走回來，他一直都維持著同一個姿勢，整張臉都埋在膝蓋中間。

聽見我的話，他緩緩抬起頭，臉上已經沒有剛才在學校裡那樣痞痞的笑容，只剩下一臉焦慮。

放在走廊上的水桶邊緣有一個很銳利的裂口，我的額頭正好對上裂口，強力的撞擊下，頭上撕裂傷足足有三公分長。隨後趕來走廊的保健室阿姨和老師看過狀況後，讓我也跟著季漠然一起坐救護車到醫院。

沒想到，我下了救護車時，發現方哲熙直接翹課，一路騎車跟來了醫院。

季漠然昏倒的時候，他比誰都還要驚慌，幾乎是亂了方寸，昨天聽到的真的不是天方夜譚，而是勁爆八卦……因禍得八卦感覺糟透了，好像走在平地上，卻一腳莫名踩進流沙坑的感覺。

「學長，你和我們班長，真的是那種關係吧？」看著他拉開鋁罐拉環，仰頭喝下一大口咖啡後，我吞了吞口水，謹慎地發問。

方哲熙眼神有些不自在，眼底似有滔天巨浪，卻因牛性的文雅和含蓄，嚴嚴實實地隱藏起來，只剩下滿目光幾乎要氾濫而出的涼意。

「是我先追他，他說再給他時間想想，雖然他還沒正式答應我，但我覺得他也覺得就這麼定了。」

我頓時像是吃了世紀苦的苦瓜一樣，這樣子的話，要是等等季漠然醒來，方哲熙深情款款地衝上去，那該怎麼辦？光是想像，就覺得不太妙。

「病人暫時不能接受任何刺激。」剛才醫生也特別這麼叮囑了。

怎麼辦？我咬著手指，內心一片亂糟糟。

「我想了又想，還是跟你說，班長現在不樂意看見你，等一下他醒來的時候，你還是迴避好了。」我在腦中草草擬了個草稿，滿口胡話。

無欲則剛，關心則亂。

對於我充滿破綻的話，方哲熙露出了個深思的表情。

「我知道了。其實，上個月我們因為某些事鬧得有點僵，這陣子我又專心在學測上，確實有些疏遠他，看來他到現在還沒原諒我。」良久後，方哲熙才回應。

看他內疚，我的心也揪成蘑菇大小。

我偏了偏頭，在腦中組織了各種情境，方才謹慎地問道：「你們的事是不是周遭有人反對？」要不是昨天一鬧，他們倆絕世高手般的隱匿技巧，我到畢業都不會知道。

「嗯。」方哲熙掃了我一眼，毫無波瀾的面色鬆了下。

「這樣啊。」我頓時鬱悶如乾香菇，怪不得班長總是一副全世界負他的滄桑表情。

腦中小劇場還沒結束，方哲熙忽然伸手彈了下我的額頭，「不全是妳想得那樣，我們的家人都滿開放的，只是我們都覺得現階段該以學業為重，但最近他是有點怪怪的。」

「最近？你的最近從什麼時候開始？」我抱著額頭，他絲毫沒有體諒我是傷患，手勁豪不留情。

如果是這兩天，那真不好意思，要再委屈一陣了。

沒理會我的問題，方哲熙自顧地說道：「可是沒想到那孩子竟然變得這麼嚴重了，我還以為這幾年的治療下，他已經好多了。」

「什麼變嚴重？恐血症嗎？」班長也有恐血症嗎？

在我們面前急診室的自動門驀然向兩邊滑開，一對老夫妻互相扶持著徐徐走出急診室。外頭陽光普照，醫院外的晴朗與內部隔離，溫暖的灑落在行人身上，卻無法給醫院裡的人帶來溫暖，我雙臂環抱，無意識的摩娑著手臂。

「不。他本來不怕血的，我也不懂他怎麼會突然這樣。最近他身上發生什麼事了嗎？」他皺起眉，似乎正努力回憶著。

不是恐血症的話，「那班長有ＰＴＤ……Ｓ？」我只有聽到一點點醫生對病人狀況的解釋，好像是什麼創傷症候群。

「ＰＴＳＤ，創傷症候群。那孩子小時候曾目睹一場很嚴重的車禍，那事件造成他心靈很大的陰影，看了好長的心理醫生才好起來。」

原來班長也是傷痕累累的一個人，說不定受到的傷害比現在的季漠然還大。

「那事故，是不是和你有關係？」我小心翼翼地開口。

當方哲熙說出事故兩個字的時候，眼裡突然閃過一絲異樣情緒，那明顯不是擔心或是同情，而是彷彿因為與他有關而生的複雜情緒。

他先是嘆息後才簡略地應聲：「嗯。」

「是什麼事了？」我擔心戳中他的傷處，卻又禁不住自己的好奇心。

方哲熙沒有勃然大怒或是立刻起身走人，深幽的黑眸裡飄散過一縷灰暗：「妳不需要知道。」確實和我一點關係也沒有。

走回病房，季漠然已經不在病床上，聽同房的病人說他到外面買東西。因此，我又走了出來，遠遠地看見季漠然低著頭從轉角處走出來。

我突然不想讓他看見我，便跑進了對面的病房，透過門板上的窗口往外看。

季漠然並沒有走進病房，而是往後方走去，見狀，我悄聲跟了上去。

光線明亮的走道，匆忙經過的護士或者緩步走過的病患，悄然去背。

走廊底就沒有通道了，底部放了幾張供人休息的桌椅，牆上開了一片大玻璃窗，季漠然高瘦的背影映著一大面醫院後山的山景略顯孤伶，他站著不動一會，突然伸手捶了一下玻璃。

「我要怎麼做才能回去，為什麼不等等我。」

我聽見他低低地說，「我對不起妳，到最後都還是沒能多陪妳一點。」

千言萬語全抵不過那一剎那，他一遍又一遍地重複了一樣的話，好像傾盡他所有能想的詞彙，只剩下這句話。

「對不起，我對不起妳……」

窗面上映著他的倒影，冰冷，絕望到極點的表情。

然後，他感受到我的聲息，猛然回過頭。

兩道視線相遇的瞬間，彷彿全世界只為我們停留。

他拚命從惡夢醒來，卻發現現實本是煉獄，他踏入這世界的那一天，我的世界也正無聲無息地失速之中。

❀

方哲熙出現在我們班上引起的風波，被後來到校的班長昏倒一事蓋過去。

對方哲熙來說，他只是一時疏於對朋友的關心，因此重新帶著內疚情愫相伴在季漠然身邊，對我來說，這一切就像是翻開報紙裡頭忽然掉出的摸彩卷，還未刮開又被收回。

再加上，後來幾天，班上除了少了班長一個人外，再沒有任何驚天動地的事，日子看似回歸正常。

放學後，我和秦琪在公車站分別，獨自踏上回家的路，順路經過麵包店正想買點麵包當明天的早餐時，我聽見背後有人叫了聲我的名字。

在原地愣了一下，我順時針轉動腳步，回過頭，一陣晚風拂面，垂落在肩上的長髮散亂在風中，迷離我的視線，大風過後，聲音的主人在我面前停下腳步。

在我眼前的依舊是他。

「你還在這裡沒走啊？」

季漠然點點頭，朝我走來：「嗯。我還在這裡。」

有這樣的眼神，這樣不合常理的舉動的人，只有季漠然。雖然他們都長著同一張臉，有同樣的名字，卻是天差地別的兩個人。

這個世界想必大部分的人事物和他的世界都沒有太大的差異，除了某些關係是在這裡有，另一個世界裡並沒有，比方說：方哲熙和班長表姊。

如果我理解沒錯的話，他原來的死黨朋友在這個世界是不存在的，剩下班上認識的人不管在哪邊世界都是沒有太多交集的同學，最重要的是班長在這裡還是個臭獨行俠。

看季漠然現在的下場，就知道朋友到用時方恨少的窘境。

我忽然有種在心裡把班長拋起來又戳又打的衝動，學霸神氣是不是，交個朋友會掉塊肉是不是？

「季漠然，你看清楚，我和你認識的那個何媛瑄是不同人。」

那天離開醫院的時候，我語重心長地傳了封落落長的簡訊給他，告訴他為了避免睹人思人之情，如果沒什麼事，我們還是識相做兩條平行線就好。

「我知道。」他語氣清晰。

簡訊應該也看過了啊。看上去他的神智也是很正常的狀態，我摸了摸他的額頭，沒發燒。

「如果可以，我想回去，但我想大概不會是睡一覺就恢復那麼簡單。」

「你想說什麼？」

季漠然嘆了口氣：「體驗過兩個世界之後，我發現，哪怕是同一個人，有著同樣的名字，即便沒有做出截然不同的選擇，也沒有人能取代另一個人，我們只是在過自己的人生，就算嘗試複製了別人的生活方式，或是停滯不前，沒有人能左右誰的路。可是這個世界只會有一個季漠然，世界在變，人在變，我卻不能變。」

那他應該要明白我的顧慮，「所以——」

「可是我不是他，要怎麼成為他？」他連聽完都沒有，直接打斷我的話，「在這個世界，我想來想去只有妳能幫我。」

說完，季漠然低下身子，在我面前折腰鞠躬。他的聲音很誠懇，足以打動人心般的語調，深深扎進我的心坎。

我眨了眨眼，路口賣紅豆餅的小販正好推著車經過，繚繞在空氣間，清甜的餅香蒸騰我和他在風中蒼白的臉頰。

拜託妳了。他的眼裡映著對街的商店光點，一望無盡的落寞。

我不怕幫著幫著，連我的世界也一起亂成沙，因為我的生活本來就夠亂了，只是我怕，萬一沒拿捏好分寸，在班長回來之前，我和他不小心搗亂了他原有的秩序，畢竟我本來也不是班長的誰。

晚上洗過澡回房後，我打開電腦想看一下班上在社群社團上發的公告，等待檔案下載的時間，我開啟Google，搜尋了關於「平時時空」，看了大半晚上的文章，只科普了一些科學小常識，但實際上卻無所幫助。

過去我總設想著要改變和一個人的關係究竟需要多少時間，一個星期？一個月還是一年？我說不準，有些關係就算僵持了很久也不會有任何改變，就像我和班長的關係。但有時候，只要一天，或更確切來說一分鐘就夠了。

比方說那堂數學課我寫下答案前一分鐘和後一分鐘，以及現在我做的每一件事的一分鐘前和一分鐘後。

❀

本以為事情能容易解決，我們都可以相安無事，兼混水摸魚，在學校繼續演一場瞞天過海。但偉大的數學家都已經證明，虛數哪怕開根號也不會就變身成為實數。一個活生生的人要掉包成另一個人，這除非所有人都不約而同的同一天撞壞腦了，否則哪有不掉餡的道理。

英文課下課，我忙著將考卷上的錯誤答案抄寫到筆記本上，沒察覺秦琪已經走到我的座位旁。

「考過就算了，我們去體育館吧！」秦琪抽走我手上的考卷，對折後，連同課本，一併整齊地放到了我的抽屜。

下一堂是體育課，這週是羽球課，要提早到位在校園另一端的體育館上課。

「知道了。」我撐著桌面從椅子上起身。

水平的視線範圍中，不偏不椅地出現了季漠然，他被一群人包圍著，語言沸騰的教室，依稀能聽見幾聲清甜的嗓音喊著他的名字。

今天的英文小考，他不知下了多少功夫，成績雖沒到班長怪物級的張張滿分，但逼近滿分的成績，總算沒再把課堂弄到煙硝味四起。

「看起來我們的學霸班長已經恢復正常了，這幾天他怪不正常的。」順著我的目光，秦琪用手指蹭了蹭下巴，眼裡有些困惑，「不過剛才又是怎麼一回事？湯圓，妳說我們班長會不會有雙重人格啊？」

「妳想多了。」有沒有雙重人格這點我可以拍胸脯保證沒有，「不過剛才怎麼了？」

剛剛上課，我只掛念著那可怕的英文考卷，前方同學簡直泯滅人性，少寫一個s而已，竟然直接扣5分，至於嗎？25分就這樣沒了！

前幾天因為隨季漠然跑了一趟醫院，缺考那次隨堂小考因為補考，先被扣了八成分數，唉現在我都不敢正眼面對我的英文平時成績了。

「喔妳忙著抄子語的筆記沒注意到，剛上課前不是大家都在忙著趕報告嗎？」

「對啊，我有瞄到我旁邊的同學在趕T。」這和季漠然有什麼關係嗎？

秦琪搔了搔頭，「我偷聽到班長那群的人對話，他們好像把全部的資料都繳給班長，結果班長竟然沒帶！」

我笑容頓時凍住，忍不住爆粗口：「Shit。」

秦琪不名所以，但也應了一句：「Shit。」

這幾天真的太混亂了，都忘記問他英文課的作業完成了沒……不過我問他好像也問不出個什麼。

「結果怎麼了？班長有被罵嗎？」

怪不得剛考試的時候，看到Lucie老師一臉經期不順的樣子。

「不知道，其他人好像很生氣，但又能怎樣，只能成績倒扣十分，下次上課再補交囉！」秦琪做了鬼臉，頗有意氣風發之姿，「韓樂琳她們那群現在有得受了，誰叫她們每次分組就巴著班長，連想問班長問題都不行，活該被扣分。」

佛祖保佑，希望班長回來看見自己完滿稱霸一年四季榜單榜首的成績在一項小作業上掉鍊，不會做出什麼想不開的舉動。

不過經秦琪這麼一提醒，我恍然想起班上是還有這麼一群人時常貼在班長身邊，活的像是追花蜜的蝴蝶。

如果一個高中班級依照屬性分層，季漠然獨霸我們A班的資優生兼班草寶座，韓樂琳則是負責女性資優生和班花的角色，他們兩個人不至於出入成雙成對，但以話題性來說，在我們整個高中裡算是重量級的人物。

以前班長和她們關係很好嗎？

「班長跟韓樂琳他們是朋友嗎？」

「不算吧。旁邊看很明顯是樂琳她們在倒貼班長。」秦琪看著我困惑的表情，聲音格外欠揍，「說她們幹嘛？班上誰惹她們誰倒楣，班長是腦袋有洞才會要跟她們一起。」

我想起高一的時候，曾經聽溫子語抱怨過班上有一群人總喜歡欺負同學。

「不然班長在班上跟誰特別好啊？」我邊問邊抬起頭。

目光追尋著季漠然，儘管他身邊圍著一群人，但仔細觀察就會發現，他與其他人之間彷彿都隔著一堵無形牆。

聞言，秦琪笑了笑，「怎麼會問我，妳可以問問子語。」

「好，我問他。」

「怎麼突然關心他？那天妳說喜歡他只是開玩笑，難道……是真的？」

聽見她的話，我的心咯噔了聲，伸手拿手機的動作一頓。

「才沒有。」我笑。

真正的班長到底是怎麼樣的人，努力了多時，我和季漠然還是沒有任何頭緒。方哲熙說他是一個很有自己想法的人，但推敲班上的人對待他的態度，他就像團迷霧，好像受歡迎，但又好像與同學間相隔著距離。

穿越半個校園後，我們在上課鐘響前進入體育館，一樓的羽球場已經可以看見三三兩兩的同學。

零落的人群中，一名男同學原先在和旁人講話，看見我們後，停下來朝我們走來，我正四處張望尋找溫子語的身影，轉頭回來看見站在我眼前的人，嚇了好大一跳。

秦琪也怔愣了幾秒，與我面面相覷。

「班長，有什麼事嗎？」看見他，我彷彿聽見腦中的警鈴大響。

「瑄瑄，我有話要跟妳說。」低沉悅耳的嗓音如融化在暖風中的蜂蜜，拂上耳畔卻刮起我滿身的雞皮疙瘩。

秦琪一雙好看的眉毛高挑，看好戲的意味濃厚。

瑄什麼瑄。

這幾天我體諒他，沒讓他把這習慣改掉，看來不行。

按耐住脾氣，我低聲說：「班長，你是要跟我說你家養的那隻叫瑄瑄的小狗的事嗎？我怕狗，你還是說給其他人聽吧。」

「班長你家有養狗喔？」秦琪語帶驚奇，不曉得是捧場還是真的相信。

「嗯，是剛養沒多久，放學要不要來我家看瑄瑄？」他這才如夢驚醒，卻是不慌不忙，露出人畜無害的笑容，笑著補充道：「妳和妳朋友要一起來也可以。」

我就這樣變成狗了嗎？

想接話的同時，身後想起上課鐘聲，班上一大群同學湧進體育場，韓樂琳和溫子語的身影略過我們的眼前。

「今天可能不行，我和秦琪都要補習。」匆匆丟下一句話後，我連忙推著秦琪往旁邊跑開。

「湯圓，妳什麼時候和班長感情變這麼好？」秦琪忙不迭轉頭詢問。

「這說來話長。」我持續推著她遠離季漠然更大一段距離後才鬆手，不忘叨唸：「欲知後事，且待下回分解。」

她還沒來得及再說上幾句，體育股長推著器材推車走入與球場內，吆喝著大家集合做操。

體育課一結束，趁著秦琪當值日生和同天的另　位值日生同學去歸還器材的時候，我找了個合適恰當的時機，想把季漠然從人群中抓出來。

萬般艱難的在失序的下課潮中捕捉到季漠然，剛邁出步伐想來個風中捉影，出其不易時，我聽見了背後傳來了聲叫喚。

不自覺皺起的眉頭瞬間舒展，我踩下煞車，回頭的同時臉上已經綻開一抹笑臉。

溫子語身邊還站著幾名班上的男同學，他短而乾淨的黑髮因為汗水黏貼在額前，欣長的濃眉隱隱沒在瀏海下，一雙如漆的眸子忽而有股說不出的深邃感，他的表情有幾分散漫，又有幾分壓迫感。

「過來。」他面不改色地朝我招了招手。

面對心裡偷偷在意的男生，我一點抵抗力都沒有，立刻把原先的要事忘得一乾二淨，不爭氣地走了過去，自尊心全都丟給狗吃了。

「幫我到福利社買水，作為回報，我影印我的數學筆記給妳。」

我驚喜萬分地接過他遞來的紙鈔。

被喜悅沖昏頭之下，我仍保持了一點理智，盯著手上的紙鈔，語氣謙卑，「不過，你有零錢嗎？一千元去買一罐水，這樣不太好找錢。」

「剩下的錢妳拿去買妳想吃的，還有剩下妳再回給我。」

才想著如果他回答身上剛好只有一千元，我就接說那先用我的錢結了，藉此還能留下個借錢的人情，以後找恰當的時間好好利用一下。

他的話其實用心良苦，大概是也不確定我需要多少錢，乾脆一次給多一點，這樣不顯小氣也不會顯太闊綽。

「這樣也太多了。」

「妳今天睡過頭，上課都差點遲到，剛才都沒看到妳有吃早餐，待會還有考試，妳會需要補充體力。」

過大的驚嚇凍結了我的語言功能。

「那我要麥香紅茶！」

「我要百事可樂，順便幫我拿一包洋芋片！」

不等我反應過來，溫子語身邊一群男生將損友精神發揮的淋漓盡致，爭先恐後的開始對著我點起餐。

「那我要巧克力麵包。」

惶恐瞬間轉變成無語，我當即把一千塊推回他的手上，拔腿開溜。

❀

「我覺得班長怪怪的。」

「怎麼說？」已讀2

「他剛才竟然主動要幫我做資源回收！」

「這樣奇怪嗎？」

「季漠然，你站起來！」剛按下傳送鍵，一聲尖銳的聲音嚇得我差點讓手機從我手上脫手。

接續數學課和國文課之後，一向和氣待人的理化老師舉著手上的考卷，厲聲地對著季漠然說。

「你考這個分數在搞什麼！」

季漠然面有菜色，站在講桌旁，整個人定成了尊石雕象，他不吭半聲，始終正臉面向前方，冷然的面容無任何情緒。

捕捉到了個空檔，他不動聲色地瞄向我，青白的面頰霎時暈起一層淡淡緋紅。

他竟然還有心情因為當著在意的人面前被罵感覺丟臉。

「太扯了吧！我們的季漠然是高材生，你是廢材嗎？」我快速動唇無聲問道。

他同樣也用唇語回了我一大串話，但我沒看懂，不過最後他用中指撥開瀏海的動作，我沒有錯過。

「他考幾分啊？」

我戳了戳前方的男同學，他剛才明目張膽的屁股離開了椅子一大吋，偷偷去看那人神共憤的分數。

「87分。」他的表情也像是看見什麼髒東西一樣可怕。

捏了捏手上寫著80分的考卷，我囁嚅道：「這這這……確實太低了。」以資優生的標準來說。

「你最近是怎麼了？家裡沒人管你，書就可以隨心所欲的唸？你考這樣的分數對得起你父母嗎？」理化老師邊說邊用捲起來的課本用力地戳著季漠然的胸口。

回憶起前兩節課，國文老師對於成績還算大肚，只是小小唸了幾句，英文課老師忘記帶考卷，隨口叫了班長去辦公室拿考卷，結果那小子一出去就是半節課，回來之後英文老師當場爆氣，剛回來又被叫出去罰站，前一節下課，只見他面露無限委屈用細若氣音的聲音跟我抱怨：「你們這裡的科任老師辦公室位置跟我們那裡不一樣。」

拜現在社群網站和科技所賜，資優生去了趟醫院回來後，像是飛天的老鷹突然墜地變成小麻雀。諸如此類的傳聞已經把暮禾高中的天空炸得風雲變色。

「怎麼回事？」

「他不是天才嗎？腦袋撞壞了嗎？」

講台上熱鬧，台下同學間也不嫌亂只怕不夠亂地發揮起了長舌精神。說實話，季漠然也很委屈，不過就是暈血，外加天生資質普通，一夕之間就變成了因為摔壞腦袋成了智商障礙。

我有些看不下去，一股腦熱舉起手臂，也沒等老師回應，我從座位站了起來，開口打斷喋喋不休的理化老師：「老師，上個禮拜我跟班長去醫院的時候，聽到醫生說他現在吃的藥會有副作用，像是頭暈或頭痛之類的症狀，嚴重一點會影響他的日常作息。」

原來我只是想替他的反常做個合理好聽的解釋，沒想到接著我的話，季漠然猝然臉色一變，瞬間空白如白紙，抓住考卷的手一鬆，整個人像是麵條一樣咻地半癱倒在座位前，抓著桌角的雙手還間歇性地抖了幾下。

我摀住嘴巴，險些罵出髒話。

不是吧，我隨口亂編的，竟然就成真？

「生病也不能當作考差的理由。」物理老師緊皺的眉頭更緊了，對我揮了揮手，「既然妳站起來了，那妳扶他去保健室吧？」

這一刻，我深刻的體會了眾目也可劈金的威力，肅穆的上課氣氛抑制不住人的八卦本性，趁著老師注意力在班長身上，低聲的閒言雜語宛若暴風自教室各角響起。

意識到我救場時機不對，已經晚了。

「呃……好。」

在一整排探究的視線之下，硬著頭皮走了過去。

沒想到，扶著季漠然剛走出教室幾步，原先還像個半身不遂靠在我的身上的季漠然忽地彈了起來，精神抖擻回望著我。

詐屍？我的第一個反應很快就在兩個深深的酒窩下湮滅。

我遲鈍了半晌，才吶吶地指著他：「你剛剛是不是又給我們班長添加了一項不良紀錄？」裝病、說謊，外加翹課。

「喔不對，是三項。」默默地在心裡數過一遍，我又默默補充，還貼心負上列舉，「裝病、說謊、翹課。」

季漠然除了眼神亮了一點，其餘的表情都與我認識的那個季漠然無分軒輕，只是好看的一張臉現在蒙了層黯淡，他維持著似笑非笑的表情，舉起修長的食指輕輕戳了下我的額頭。

「今天這事，妳也是共犯。」他涼涼的視線掃得我一陣透心涼。

沒給我足夠的時間反應，他像是偷偷揭發某人的小祕密後心滿意足一笑，把雙手交叉疊在背後，逛大街似地往保健室的方向前進，我連忙追了上去。

按照規定，該量的體溫量完，該問的話問完後，護士阿姨諒在我們都沒有前科，叮囑了聲要注意音量後，隨意指了張病床讓我扶季漠然過去。

拉上簾子，確認左右都是空床後，我靠近坐在病床上的季漠然，壓低音量，「現在你打算怎麼辦？」裝病騙的了一時，騙不了一世。

「別問得好像我是不讀書的混蛋，我就只是沒像你們班長有內建個知識庫。」季漠然把頭靠上鬆軟的枕頭，拉上四周簾幕，光線暗了一點，他的表情也黯淡一點。

「那你就委屈一點，這陣子辛苦一點，我也可以陪你一起唸。」

「不委屈。」他抬起眼笑了笑，用一種半開玩笑的語氣道：「委屈的是他，我再努力也達不到那種鬼才標準，倒是他順便幫我衝個成績，我老爸看到兒了一覺醒來變成天才，現在肯定樂歪了。」

我聽不出他這是苦中作樂，還是天性樂觀，只好回應一個無奈笑容，「這樣的話，老師或家人朋友問起，你怎麼說？」

聽到這話，季漠然沉默了片刻，思來想去後，他才緩緩道：「老師的話，暫時只能稱病。也別太擔心，我不會讓成績真的太難看。至於家人朋友……你們班長有嗎？」最後幾個字特意加快，帶著幾分輕鬆玩笑意味，但我卻嗅出一絲悲意。

當他提起家人時，我在腦中第一個反應是方哲熙，而朋友，我搜索了班級的每張面孔，竟沒有特別出現哪張臉吻合。

內心好像被什麼觸了一下，喉頭乾澀，一時片刻，我丈不出任何話。

「沒事，我沒有什麼特別的意思……妳別擺那個表情。」季漠然見我沉默，神情語態都緊張了起來。

我倒順勢臉色一正，嚴肅問道：「聽過借屍還魂嗎？」

季漠然的表情呆滯一秒，「聽過，怎麼了？」

「下一次老師再逼問，你就說：貧僧路過，借借身體取暖，過會就走。」

季漠然淡定地盯著我：「……」

我信手捻作了一個佛印，「阿彌陀佛。」

他哀莫大於心死，總算開口：「善哉善哉。」

氣溫忽然低了幾度，彷彿有道無形的風颼颼地颳過。

「好了，我得回去上課了。」簾子外依稀傳來有同學走入的聲響，我轉過身掀起簾子一角，打算鑽縫隙出去。

「等等，我有事要問妳。」

前腳剛起步，季漠然的聲音傳來，我踩下煞車。

「這兩天我傳了那麼多訊息，像那天我回家想報平安給妳，還有出院的時候，但為什麼妳都沒有回？」

我怔愣了幾秒，我沒印象有收到新訊息啊。手機不在身邊，也不能確認。

短暫思考後，我問道：「你傳簡訊給我嗎？」

「不是簡訊，我傳臉書訊息。」

「我記得我沒加他。」

畢竟原世界裡，私下和班長也不會有什麼互動，高一開學，同學間彼此互加好友的時候，也沒想過要加班長。

我平常也不太常開臉書，自然不會去注意好友邀請或未知訊息，「等等，你不會加我了吧？」

「加了，還發了很多訊息。」

瘋了嗎？

「現在趕快取消好友邀請，然後把訊息匣都清空。」

「為什麼？」他露出了個無辜的笑，簡直就像是個做錯事不自知的小孩子。

我扶著額頭，「你是班長嗎？不要亂用他的名義幫他發展社交關係，他回來的時候，你要我怎麼解釋。」

「我沒想那麼多，我現在就刪。」他恍然大悟，「那我辦隻小號，在我回去原來世界以前，我用那隻帳號找妳。」

當天下午，我收到了一個新的交友邀請。看見對方的名稱打著「小漠漠」三個字，我當場把手機摔下桌。

天氣日漸轉涼，時序邁入初冬。我們已換上了冬季制服，但我和季漠然依舊找不到方法讓他回去，基本上，是毫無頭緒。

放學後的資源回收場。

「湯圓，妳到底要不要解釋一下，妳和班長到底發生什麼事了？」秦琪邊把寶特瓶踩扁邊問。

我把兩個鋁罐放在腳下，用力踩扁，假裝沒聽見她的問題。

「媛瑄和漠然發生什麼事了嗎？」溫子語和班上另一名男同學在旁邊洗垃圾桶，他聽見我們的對話，好奇地問。

「你脖子上裝的是水泥嗎？這陣子沒看到他們兩個眉來眼去，還以為沒人發現。」秦琪掃了他一眼。

解釋不清楚的謎底就像是凝結在熱牛奶上的奶皮，不管是放著不管或是攪散開來都是令人不舒服的一件事。

直盯著地面上扁平的鋁片。

「你們想什麼啊？」我訕訕一笑，有意顧左右而言他，「秦琪妳上次說學生會的問題解決了嗎？」

「班長的事情和學生會有關係嗎？」秦琪不嫌亂又挖了個坑給我。

若是得不到滿意的答案，秦琪是不會罷休，揉了揉眉心，頭隱約痛了起來。

秦琪像隻訓練有素的獵犬緊追不放，「湯圓，班長該不會喜歡妳吧？妳上次說妳喜——」在她說出那讓人神經瞬間繃直成生麵條的話之前，我咳了聲打斷她的話。

「班長有喜歡的人，但不是我。秦琪妳認真什麼，我不說我上次只是在開玩笑嗎？我喜歡的人當然是妳囉！」我欲蓋彌彰笑了笑，下意識就瞟向溫子語，他低著頭正在看手機訊息，不知道有沒有注意到我們的對話。

秦琪識相地閉上嘴巴。

「總之，和你們想得不一樣。」我好整以暇。

說完，我加快動作，把整桶的回收的塑膠瓶和鋁罐都倒了出來，一腳兩個踩扁。

老實說，我有些忐忑，連秦琪都察覺了班長的異狀，不知道班上的人怎麼想。

終於處理完回收之後，秦琪自告奮勇把回收桶拿回班上，溫子語拜託了男同學把垃圾桶拿回去後，他朝我走來。

「媛瑄，你和班長之間有什麼事嗎？」

「我……你別聽秦琪亂說。」

他的目光比以往都還要來深沉，直勾勾地盯著我：「班上的人都在說你和班長最近好像特別好。」

「有嗎？」我心虛一笑，躲開他疑問似的挑眉，「可能是他最近因為健康上的問題來問我，你知道我媽是護士嘛！」

「我知道一間新的燒烤店，補習之前，要不要和我一起去吃飯？」好在溫子語沒有繼續追問，他改變了話題。

迎向他的目光，我本能有些緊張：「我和秦琪約好等一下要討論明天的報告了。」撒了個小謊，我站在原地看著溫子語離開，有那麼一瞬間我有個衝動上前追上他。

不過，也只是想想。

回收場到後門的路程不遠，放學後的人潮已經疏散不少，我看了一眼手機，準備慢慢走向後門，才剛舉步，我被空中突然灑落的水滴淋濕了半個肩膀。

轉過頭，我猛然撞見了驚人的一幕。

回收場的角落，韓樂琳那夥人團團圍住了一個捲縮在地上的人，距離很近，我還是看不見蹲在地上的人是誰，她頭上一個橘色的垃圾桶，露在垃圾桶外面的白色制服襯衫和裙子都撕透了，腳邊有一大灘積水，在乾燥的地面上尤其顯眼。

我聽見自己的心跳一聲比一聲劇烈。

等到韓樂琳一群人走遠後，我依舊呆立在原地，無法動彈，直到聽見有人叫了我的名字。

「媛瑄。」

順時針轉動腳步，回過頭，一陣晚風拂面，垂落在肩上的長髮散亂在風中，迷離我的視線，大風過後，聲音的主人在我面前停下腳步。

在我眼前的依舊是他。

「你來了。」我收斂神情，擠了張笑臉。

有這樣的眼神，這樣不合常理的舉動的人，只有季漠然。雖然他們都長著同一張臉，有同樣的名字，卻是天差地別的兩個人。

「抱歉讓你特別留下來，我有話要跟妳說。」他注意到我不自然的臉色，也轉向回收場。

我往前一步，擋住他。

不能讓他介入這裡的事太多。

我飛快地看了後方一眼，那名女同學已經把垃圾桶拿了下來，我從她的側面認出她，不免微怔。

怎麼是她？

「媛瑄，怎麼了？」

「沒事，我們別在這裏說話，我們邊走邊說。」

我不由分說地拉住季漠然的手匆匆走出校門。

遇上等待紅燈的路口，我鬆開手，望向他，「你看起來需要休息，以後有什麼事我們線上說。」

他的臉色看起來不太好，怎麼說他都是個大病初癒的病人，不忍過度苛責，我放軟聲調。

「我好多了。」

說真的，我很懷疑他現在精神狀況是不是還正常。看見自已死而復生的朋友（雖然我還沒死）現在他的心情會有多複雜，我很難想像，但他都因為這件事而有了嚴重的心理創傷，雖然表面看起來沒事，內心說不定已經崩潰了。

「我不知道，你以前和另一個媛瑄有多親近，但是在這裡，你和我沒有任何關係，你今天在學校這樣叫我是不對的。」這樣稱呼和自己一樣名字的人感覺真奇怪。

「在這個世界，我只認識妳。」季漠然說。

我的心驀然一動，垂下眼，我低聲問：「你想和我說什麼？」

「我問到了，班長是游泳社的社員，好像今年十二月還有場友誼賽還怎樣我不知道……」他話音一轉：「我還沒和妳說吧，我不能游泳了。」

我睜大眼睛，「你沒和我說。」

「其實我的身體不太好，這兩年更不好，是因為我堅持才繼續游到現在。」

「怎麼會……」我呆了呆。

一陣風揚起，被稀薄雲霧遮擋住的夕陽重新明朗，剎那間他的臉在太陽光輝之下殷紅得彷彿要滲出血一樣。道路上的行人在號誌燈轉換後又恢復行進，我和他也被推擠著往前。

他終於走到了我旁邊，輕輕一抬眉：「十月那場比賽是我的最後一場比賽，也是我最後一次下水，也是我和她的約定，我說好了，以後不游泳，就能多花時間陪她。」

第三章
誰在誰的世界裡獨自悲傷

社團活動早在季漠然來這裡的一個多月前就開始了。

要成為另一個人比想像中還要困難，季漠然說他的背在半年前一次練習中受傷，教練和家人都希望他把今年的全縣運動會當作最後一場比賽。

最重要的是，放棄游泳是他和她的約定。

得知班長的社團後，我和他攪盡腦汁想了各種理由才勉強擋掉社團練習。可是我們腦中內建的錦囊庫眼看就要見底。

咬著筆桿，思來想去沒個主意，心思一片凌亂。

在課堂以及校園追尋他的身影似乎變成了我的習慣，他在這個世界待越久就越顯得他格格不入。

英文老師在講堂上複誦著課文，我機械式地跟著班上同學唸，但實際上在唸什麼我都沒留意。

我看了眼前方的座位，季漠然很專心的在課堂上，不清楚他是怎麼想的，這段時間，他到底是抱著什麼樣的心情和班長的家人朋友相處？他又是帶著什麼樣的目光在看待這個世界？

照他的說法，調換到另一個世界的班長，在沒有方哲熙和朋友的那裡，他現在過得好嗎？

一張四方型的紙條落在我的單字本上方。

「妳今天要去社團活動嗎？」

輕巧地打開字條，一行手寫字浮上我的眼前，秦琪的字跡凌亂，最後幾個字還糊掉。

下一秒，藏在抽屜的手機震動了兩下，我張望了一下四周，抓住英文老師背過身的時機點，我快速滑開手機。

「別去社團，陪我聽講座。」另一則訊息又彈出。

「子語也會去喔！」

揉揉鼻骨，雖然我社團的請假次數已經快達標，但有句話怎麼說的，有好男孩好閨密的地方，怎麼能少得了我。

捏住手機，我小心翼翼地在最短的時間內找出相呼應的貼圖。

想傳達的情緒尚未來得及送出去。

另一個清亮的聲音制止住我的動作，「19號同學！」

我趕緊鬆手，任著手機又滑進抽屜。

心虛地抬起眼，Lucie老師端著點名表，一雙眼咄咄逼人。

「妳來負責唸對話中First Witch的部分。」

「那Second Witch的部份。就讓9號吧。」英文老師推了推鼻樑上的眼鏡，視線從我身上移開，停在黑板上的日期。

「19號妳從標題開始唸吧。」

我點了下頭，伸手去拿課本，卻摸了個空，本能地低頭一看，這才發現我根本就沒有打開課本。倏然心亂，我慌了手腳，正想要自首沒跟上進度時，一個男同學的聲音切入，霎時解除危機。

「老師，9號今天請假！」

我抓緊空檔和隔壁同學確認頁數。

「啊今天9號沒來啊！既然這樣的話，那英文小老師你來唸吧！」

從座位上站了起來，溫子語飛快地轉過頭看了我一眼，他的嘴角若有似無地微揚，然後又以眨眼的速度回過頭。

我徐徐捧起課本站起身，深怕遺漏任何一個音節，每個字都精確地發音；而他亦然，就算不用用雙眼確認，也能在腦中描繪出他隱藏在疏離之下隨興揮之欲出，最後轉為他的音調，他的語氣。

「When shall we three meet again, In thunder, lightning, or in rain?」

「When the hurlyburly's done, when the battle's lost and won.[5]」沒有任何停頓，我流暢地唸出結束句。

然後，我緩緩地闔上課本，坐回座位。

英文老師很滿意我們的發音，稱讚了幾句後，順便又開始鼓勵起大家在明年學測前去考中級英檢。

---

5 對話出自莎士比亞《馬克白》。

教室又恢復一貫的熱度：學生的熱情值零度，老師的熱情值九十度。

下課十分鐘，秦琪難得沒有在我耳邊叨絮最近又迷上了新劇或是聽來的八卦，端著手機認真的給我上了場思想教育。

「今天下午的講座是請一個大學文學教授來演講，下午四點到六點，主題是當代文學受到網路崛起的影響。」

「聽起來還不錯。」我裝模作樣地做了個興致滿滿的表情。

「人嘛，長的不文藝沒關係，至少舉止要恰到好處的帶點文雅氣質，妳懂得，現代人最講求第一印象，我們沒內在，至少要有外在。」她大言不慚地體現了何謂人模人樣說鬼話。

「誰跟妳沒外在沒內在。」我喊了聲，就著她的手把手機拉到眼前，一看到螢幕上宣傳海報我便了然。

眼見精心搭好的台被拆了，秦琪依舊不改聲色，反而更加得意，「是不是也心動了？」

「不是，我們兩個女生去看帥哥，妳找子語去幹嗎？他不像是喜歡這種活動的人。」如果他是剛好想去多年祕密失眠症那還能說得通。

「我這不就是好心幫妳製造機會嗎？」說完，她神秘兮兮地湊到我的耳邊說了句，「別說我對妳不好，其實我覺得子語對妳也有意思。」

愣了一下我才反應過來。

秦琪的座位靠近門口，我抬頭正好撞見和其他男同學勾肩搭背走進來的溫子語，不由臉頰一熱，片刻間無言以對。

過了許久，在鐘聲結束以前，我才低聲罵道：「別胡說。」

捱到了放學時刻，我分別給社團副社長還有季漠然都發了一封訊息後，我收拾背包放寬心隨秦琪和溫子語前去舉辦演講的禮堂。

走了半路，腦中像是一簇煙火猛然飛過，我停下腳步，彈了個響指。

對，我怎麼就沒想到，如果是這種理由就可以了，當下我就伸手要去拿手機，探進書包暗袋，卻摸了個空。

手機呢？

「怎麼啦？」離我最近的溫子語立刻察覺我的怪異，側過臉關心問道。

聽聞聲響，秦琪轉了過來，「湯圓妳東西忘記拿嗎？」

「嗯，妳們先去。」宛若是踏在雲上的雀躍步伐，我小跑步回班上。

前腳才剛踩上後門邊，下一秒我又到縮回了教室外的梁柱後，只探出半顆頭神經兮兮地在門邊往室內賊眼偷看。

什麼情況？

揉了揉眼睛，待被我揉出的金色星星消失後，季漠然的身影依舊清晰在眼前，他已經揹好書包，身旁圍了幾個同學，從我這個角度，看不見他的面容，但他的側面像是凝結著一層冰霜，隔著大段距離都能感受被凍得冷涼的空氣。

為了避免過多的肢體接觸露出馬腳，季漠然這段時間一放學都不會逗留，跑得比飛還快。現在放學時間已經過了很久，這個時間點還留在班上的同學屈指可數。我透過局部特徵和聲音認出把季漠然圍住的那小群人是韓樂琳和幾名平時跟她走比較近的女同學。

「漠然，你已經一個月沒來練習了，你怎麼回事？」儘管四周縈繞著喧鬧聲，韓樂琳特有的淩厲聲音絲毫未被掩蓋在吵雜聲中。

可惜季漠然的音量太小，我拚了命伸長脖子，半個音都沒聽見。只聽見了周圍的人得不到滿意的答案紛紛加入的問話行列。

「對啊班長，你太不夠意思了。這次是你和樂琳要比賽，結果這陣子課後練習，你竟然都放她鴿子，老師很生氣，你知不知道！」

「還有上週我們游泳社聚餐，你怎麼能沒說一聲就缺席？」

「難道你反悔了？別忘了之前的事，是你指使的。」

有那麼一瞬，眼前明明是一幅眾多女生包圍一名男性的普通畫面，我卻硬生生腦補成了一群大灰狼圍剿一隻小綿羊。

攀著牆角的手顫了下，我在心裡天人交戰了三百回合，要不要去解圍？這樣私下幫班長說話和在那天課堂的出手相救，兩者是完全不同的解法——

「媛瑄，妳在這裡做什麼？」就在天和人之間只差兩撇就要理出一個辦法之際，背後傳來一個不知好歹的隨興問候。

我的臉頓時黑了，教室內的所有目光齊刷刷地射向我。

「妳剛站那麼久不進去，不會在偷聽吧？」彷彿嫌殺傷力不夠，在背後捅刀的黑手同學臨行前又補了一刀，臉上還掛著純真浪漫的笑容。

「呵。」我被砍得瞬間重傷，無語瞪著那豬一般的同學輕輕的來了，又輕輕的走了。

接著，我就像是偷吃糖被抓個正著的小孩，心虛得眼神亂瞟，半空舉起的手臂停滯了一秒後，尷尬地摸了把自己的頭，又放下。

一個團體中總會有特定的人物是不論年紀經驗如何增長，永遠都沒辦法熟稔相處，在班上，哪怕只有一眼對上韓樂琳或是她的跟班，我都會立刻渾身難受。

韓樂琳一雙丹鳳眼像是能看盡人靈魂深處似，我被她瞧得腦袋有一瞬空白，她的目光如刀，就算不說話，也帶著濃烈的壓迫氣息。

「妳有什麼事嗎？」韓樂琳面無表情地看著我。

她的長相算是清秀，就是因為家庭背景寵慣了，哪怕穿著學校土氣的黃色運動服，她也能穿出一身驕氣，我彷彿看見教室給她和季漠然倆凍成了冰庫。

我指著自己的座位，一字一頓，「我回來拿手機，剛剛走的時候沒注意，好像落在抽屜。妳們繼續，不用顧慮我。」我忽然有種在唸報告書的感覺。

緊捱在韓樂琳旁邊的葉新瑜忽而笑了一下，緩解尷尬的氣氛，「我們有那麼可怕嗎？以後想拿東西就直接進來。」

我茫茫然地胡亂一陣點頭。
途中，我感受到一道淡漠中帶著溫柔的視線跟隨著我，極盡克制才沒有去迎向那道目光。
還好我的手機沒被我手拙塞進抽屜深處，飛快一掃，撈出手機後，我就灰溜溜地跑出教室。
離開教室沒幾步，一個急快的腳步聲跟隨在後，伴隨了聲呼喚。
「等等。」
我驚詫轉身，季漠然提著書包追了上來。
他恰好就停在一處光線與影子交錯的位置，清淺的陰影撒了他一身灰紗，他的眼神卻很清亮，好像剛才的挫敗和窘境未曾發生過。
「對不起，我已經請假了，沒想到韓樂琳她們會找藉口把我拖住。」他彎起眼角，淺淺一笑，「妳回來是要找我的嗎？」
「……我拿手機。」
聞言，他似笑非笑地看著我，我不自覺地想避開他的視線，心裡不知為何湧現一絲異樣情緒。不想騙他，想和他分享相同新事的心情。
「其實，我有話要跟你說。」
差點忘了原來的目的。
他示意我邊走邊說，手剛抬起來，韓樂琳和其他女生從教室裡走出來。
「漠然，你現在跟我回去練習，快比賽了。」韓樂琳用我幾乎沒聽過的柔軟語調說道。

我有些緊張地看了季漠然一眼。

季漠然充耳不聞，只是邁開一步，調整了肩上書包的角度，用一個從旁邊不易察覺的角度拽住我的手腕。

「媛瑄，我們走。」他低低說道，沒讓其他人聽到，只讓我聽見。

思來想去，學校不安全，周圍店家不安全；他家現在還寄居著一個來南部度假的表姊，也不安全，最後我們一前一後間以五分鐘的時間差又瑟瑟地縮回我家。

我有種我家變成了臨時軍事戰備處的感覺。

「媛瑄，妳想跟我說什麼？」季漠然端正的坐在餐桌椅上，下巴底著椅背，眉目平行對著我。

我一偏頭，盯著他看了兩秒：「你和韓樂琳她們剛才怎麼一回事？」

他倏然一怔，隨即笑了笑，「沒什麼，她只是想提醒我要去社團活動。」

我看見他的和氣，莫名有些火。

「她們是不是也欺負你？」我嚴肅地問他。

「什麼叫也欺負我？」他看著我，眸光依舊溫柔而深邃，好像發生任何事，他都可以無動於衷。

「噯，反正你不要太跟她們有交集。」我煩躁地說：「班長，你聽好了。當你把世界想得太美好的時候，會很容易吃虧，但當你把世界想的太邪惡的時候，會很容易陷入執著，我不太懂什麼深的道理，我只知道，如果你存心替原來的班長著想，那你還是謹慎一點，不要太輕易去相信人，也不要太輕易懷疑人。」

季漠然輕輕打斷我：「這個世界，我誰都不相信。」

我只是想到今天下午的場景還有回收場的那一幕，忍不住替他的未來擔憂。揮揮手，我岔開話題，「我想到你怎麼避開游泳社的社課了。」

「什麼辦法？」

我伸手進書包的內袋，摸了張紙出來，「醫生證明。只要拿醫院證明說你暫時不能下水就好，等到班長回來，我會跟他說，到時候也會準備一套說詞給他。」

「但妳要怎麼拿到？雖然我現在有在看心理醫生，但我的狀況已經改善很多，醫生甚至說不出半個月，我就不用再像現在這樣每週跑醫院。」季漠然順著我的話認真思考。

「當然不是要透過正規途徑取得。」我勾起笑，「我哥他在醫院當實習醫生，我撒嬌一下，他會幫我的。」

「這樣好嗎？這樣是在說謊。」

我語氣微微一沉，「不然你要自己捏造嗎？我哥至少還能裝模作樣地弄出一個醫院戳章，你若覺得過意不去，你就再多努力找回去的辦法！別光想什麼事都不做！你不想回去原來的世界了嗎？」

季漠然聽見我的話，順從地閉上嘴巴。

我察覺剛才的話似乎重了點，略尷尬地扯了個笑臉，「我聽說有時候，科學無法解釋的事物借助宗教的力量，如果你不是基督徒的話，我知道一間很靈驗的廟宇，我們找天過去看看，但如果你不信道家，那我家附近就有一間教會，也可以去那邊。」

這幾個禮拜，我和他雖然沒有一起行動，但兵分二路的跑了圖書館，有事沒沒事就刷刷網，試圖從萬件沒用資訊中尋得能讓他回去的辦法。

經過不常不短的時間努力，辦法是有的，還不少，比如半夜的時候，用紅筆畫個據說能打開神奇時空之門的魔法陣，然後拿著寫上想去的時間和地點的字卡凌空跳進去，還有在午夜時分找一面最亮的鏡子，點一圈紅蠟燭，大喊「時間之門聽我指令」三聲後走進鏡子裡面。

我真的很懷疑廣大網友裡面，患有重度中二病還不少。

不過狗急跳牆，病急亂投醫，秉持著科學家實驗精神，我們歷經萬難的找了個風高夜黑，大人不在家的夜晚，找齊網頁上的材料，輪流實作了一遍。

成功是沒有，不過我們倒是成功了坐實了老話：自己嚇自己。

隔日我們兩人都默默地拜訪了住家附近的廟宇，收驚去。原因：被鏡子裡面的自己嚇到作惡夢。

也不知道有沒有緩和到氣氛，約莫過了一刻鐘的時間，我滑臉書動態都快滑到手指抽筋，季漠然才不著邊際地說了句：「對不起。」

那天下午，他忽然像是個跳針的錄音機，沙啞低沉的嗓音只不斷重複著那三個字。

我本來還想再問問他放學的事還有班長表姊有沒有發現異狀，最後看了看時間，等到他出門經過校門，也大概不會碰到幾個同學的時間後，我揮手讓他趕緊搭公車回家。

隔了幾日，我風風火火地收到了一封限時掛號信。

掛信封裡倒出了兩份證明書，一份字跡工整端正寫了季漠然的名字，另一份簡直是鬼畫符歪歪扭扭寫了「何媛瑄」三個字。

還有一張對折的素白信紙，上頭宛如風中凌亂的字跡寫到：「老妹，有病記得吃藥，我雖然還是半個庸醫，但治妳我還是行的，別玩太火了，小心我下次回家跟爸媽告狀。」

我對著信紙上的字，忍不住嘴角抽蓄了下。

蹭了滿鼻子的灰，但我仍舊風光滿面滿拿著證明書到學校跟季漠然炫耀，順便催促他下課就趕快去體育組找游泳社的指導老師。

❀

周末早晨，補習班剛好調課，我和季漠然相約參訪鎮上的廟宇。

前一晚被秦琪拉去貼學生會的活動海報，直接把約定一起跟廢紙丟進垃圾桶，睡前還特意叮囑家人看到我房門一整天都沒開，絕對不是我死了，只是裡面的進入深度休眠狀態，沒事不要打擾。

直到電話聲把我從床上打醒，我才想起和他有約的事。

匆忙換了外出服，我抓起手機和背包就衝出門。

「早安，媛瑄。」季漠然早早就在約定地點等我。

眼前的人，衣著完好，連髮型都像是特意打理過，額前的瀏海此刻向上抓攏，露出一雙清秀的眉眼。

低頭看了看身上摺痕好比皺紋一樣的襯衫和兩邊顏色不對稱的襪子。

我斜斜睇了他一眼，忍不住酸溜溜地說：「我們只是要去廟裡，穿這麼好看要給誰看。」

季漠然聽出我語氣裡的不服氣，靦腆笑了笑：「我一直都是這樣。」

一直。

重複聽見這兩個字，我的心冷不防被戳了一下。他總是笑得那麼若無其事，但生活在一個陌生的可怕的世界裡，他要有多煎熬，多少練習，才能做到這樣。

我收起笑臉，拍了拍他的手臂，「走吧！我們一起找回家的路。」

搭公車轉了好幾個街口，我們到達目的地，現在的季漠然很善解人意，他察覺了我的情緒轉變，一路都扯了不著邊際的趣事試圖分散我的注意力。

但他越是這樣，我越是黯然。

直到了廟口，我終於勉強提起精神，我打開手機，事前先做好了功課，我照本宣科唸了這間宮廟的各種神蹟還有注意事項。

在宏偉莊嚴的神像面前，季漠然剎那間成了虔誠肅穆的信徒，我只聽說了這間廟宇靈驗，但實際卻是霧裡看花，拉著他拿香從偏殿沿路拜到了正殿，給足了香火錢，擲筊問籤，燒了大把紙錢，煙香裊裊環繞，沾染了一身的線香氣味，最後與我齊步走出的依舊是同一個人。

「你覺得如何？」我悶悶不樂地轉向季漠然。

「日出便見風雲散，光明清淨照世間。一向前途通大道，萬事清吉保平安。」他盯著手上的籤條，分毫不差唸出來，「聽起來是好籤。」

再好的籤，無濟於事也沒用。

我抿了抿唇：「該不會神明不管這種事吧？」

剛才不管季漠然問什麼問題，結果都是笑筊。

季漠然伸手蓋住我的嘴巴，晃了下腦門，「別亂說話。」

我就亂說話了，還能怎樣？委屈至極，我推開他的手：「現在怎麼辦？能試的辦法都試了，但沒一個是你能回去的方法。」

「沒關係。」季漠然心平氣和地應道，「我反而覺得現在這樣很好，妳別急。也許只是時機未到。」

我被他的冷靜堵得頓時無語。

如果他同我一樣沮喪，我能發揮我的革命情感，給他來個精神喊話，但他非但不著急，甚至還視之無關緊要。

有句話怎麼說的：皇帝不急，急死太監。替一個人著想的心簡直可以燎原。我往路邊的販賣機投了一罐水，剛扭開瓶蓋，把瓶口對準唇邊，季漠然不緊不慢地又補上一句。

「哲熙學長約我下午一起去看電影，等一下，妳可能要自己回去。」

我差點被水嗆死。

怕他覺得彆扭，沒有和他說學長和班長的關係。

「別，別別……」對上季漠然不明所以的目光，我默默地把原話吞了回去，硬是從牙關擠出了另一句話，「我是說，不是快要段考了嗎？還是早點收心，你不是要追班長的進度嗎？」

「只是看個電影不會耽誤到什麼讀書進度。」

我還沒緩過氣，一面咳嗽，一面對著他猛力擺手，「學長不是要學測了嗎？你沒差，這點時間對他一定有差，人家想偷懶，你不督促他還跟著起鬨。」

有我在，絕對不容許羊入虎口這件事發生！再說，我這樣也是為學長和班長好，季漠然就這樣傻傻跟去了，不就變成了他們之間的第三者了嗎？

自己當自己的第三者，這句話怎麼想都怎麼讓人覺得可怕。

「可是學長好像已經買好票了。」他面露出欲言又止的遲疑。

「退了吧。」

季漠然似乎覺得不妥，「可是……」

「哪有那麼多可是，你現在就打電話跟他說，啊，不然你就說，你吃壞肚子了，需要抱馬桶一整天。」我皺起眉，略顯不耐煩打斷他，「你在顧慮什麼？」

「只是哲熙學長挺照顧我的，他聽起來很期待，我不想掃他的興。」

「你現在還有心情去看電影嗎？」我悶聲。

他搖了搖頭，似乎有些如釋重負：「好吧，那我打電話給學長。」

半晌，他結束通話，抬頭對上我的視線，再度泛起笑意。

我一直覺得他藏在若無其事的假面下，一定積了很多委屈和心事，可是他不說，我也不敢問。

我們慢慢踱步離開寺廟，宮廟前有一處廣場，此時熱鬧紛騰，各式的攤位以一個回字型填滿廣場，望著沿著周圍飄揚的五彩旗幟，慶典氣息洋溢。

時間正好接近中午，受氣氛吸引駐足而下的行人越來越多。

好奇心驅使，我們也隨著人潮走了進去。

走了半圈之後，原本空無一物的雙手，多了一盒章魚燒、一盒烤肉和一盒炒麵，顧慮到邊走邊吃形象不好，我們索性停在路邊解決手上的食物。

我邊吃邊打量四周的攤販和路人，停下來的時候沒有刻意挑位置，我們正好停在一個占卜的攤位前。

光是站在別人攤子前面有點不好意思，解決完手上的食物後，我拉著季漠然靠上前，裝做有興趣的樣子，掃了一眼攤子，那是一個頗多元的攤位，左邊販賣玉石飾品，右邊擺了個占卜的牌子，上頭服務項目涵蓋了塔羅牌和紫微。

顧攤的是一位年輕人，看見有客人靠近，沒有特別熱絡招呼，也沒有冷眼相待，僅是禮貌性地站在一旁，目光溫和澄澈。

「我們又見面了。」男店員忽然緩緩說道。

伸出去要摸攤位上的小綴飾的手登時停在半空，我和季漠然同時抬起眼注視著他，一時半刻，沒人接話。

對方是一名長相清秀的男子，目光漆黑如墨，整齊服貼的黑短髮隨風掀動，露出一雙欣長濃眉，看上去和秦琪的書畫差不多年歲，他大概是混了西方的血統，深邃的五官比亞洲人更立體一點。

他察覺自己話語中的突兀，繼而失笑，岔開了突然凍結的氣氛，「男同學，我們見過面，忘了嗎？」

「漠然，你認識她嗎？」

「我好像在哪裡看過你。」季漠然望著眼前的攤主發愣，走神似地順著他的話應道。

「同學真健忘，我們見過啊。今年暑假的時候，你來過我們工作室。」男子一笑。

季漠然對答案不滿意，「你是瑄瑄的心理師，我們見過……」

我趕緊拉了拉他的衣角，提醒道：「這裡不是你之前的世界。」

男子露出不明白我們的對話的表情，左右看著我們兩人，然後開口：「你們要算塔羅牌嗎？」

「好。」我剛想代替季漠然拒絕，他就先出聲答應。

就算班長和眼前的人有一面之緣，畢竟不是同一個人，要是以後班長還想再去工作室算牌，這樣不太好吧。

想拒絕也來不及了，男子已經拿出一副牌，流暢地洗牌、切排，她單手將塔羅牌以扇形的弧度推開撲在櫃檯桌面。

現場氣氛也容不得我拒絕，我索性放寬心，湊了上前。

我望向季漠然問：「你想算什麼？」

男子體貼地給他思考時間，把牌攤開後，就轉身整理起另一桌的商品。

季漠然想了想：「那算算我接下來的人生運勢。」

我猜他想賭一把，真正想算的是能不能順利回去，但這種問題終究令人難以啟齒。

「那你抽三張牌。」

季漠然在牌上猶豫了一會後，飛快抽出了三張牌：「就這三張吧。」

把剩下的紙牌收到一旁，男子依序將紙牌翻面。

這個時候，天色已經暗下，昏暗的光線讓現場氛圍更添加了一絲神秘。

「命運已經在這裡出現了分歧。」男子意味深長地勾了勾唇。

我仔細端詳牌面。

TOWER、SUN還有一張一顆心上插著三隻寶劍的牌。

除了中間一張牌面上的圖案看起來比較歡樂之外，另外前兩張都讓人感到害怕，又是閃電又是寶劍。

「這牌看起來不太好。」我低喃道。

我不懂塔羅牌，但我知道塔羅牌能預測人的過去到未來。

男子盯著季漠然，沉聲道：「你曾失去過生命中最重要的東西，也因此獲得了另一個機會，你第一次來不及道別，第二次也一樣。」

「什麼意思？」我脫口反問。

「請記得，高塔的崩塌帶來的未必是災難。過去人類建立了巴別塔觸怒了神，上天降下了懲法，巴別塔的崩落象徵著毀滅也代表著歸零，重新開始。」男子欣長的手指戳了戳第一張牌：「上天既然給了你一次機會，這意味著你又面臨了另一個抉擇。那麼現在，你打算怎麼做？」發問的明明就是我，男子卻是對著季漠然說話。

季漠然聽得很認真，沉默片刻之後，才開口：「我知道了，謝謝你。」

「當機會再次出現在你面前的時候，你能抓住它嗎？或是再一次失去它？請記得，不管什麼時候，機會都只會有一次，不管是新的機會或是已經擁有的機緣，一旦結束了就沒了。」男子姐保持著輕鬆微笑，目光銳利宛如冰刃，深深地戳入我們胸口。

知道了什麼？錯過什麼？

我滿臉疑問地輪流看著眼前兩人。

季漠然沒說話，占卜師也沒說話。

我覺得自己好像遲到，匆忙地趕到電影院時，才發現電影已經結束了，最過分的是相約出來的朋友熱情地招呼完我之後，就開始忘我地談論電影內容。

我有些洩氣，轉向端看旁邊的玉石商品。

這可是我見過奇葩的東西方組合。又是塔羅，又是玉器的。

剛拿起一條項鍊，男子話音一轉：「要買嗎？那條是瑕疵品，原價要一千五，現在一折出售。可避邪，可驅魔；可防蚊蠅，可收驚。」

我只是隨意看看，聽見他的話，立刻將項鍊放下，沒想到季漠然卻抓住我的手。

我一愣：「怎麼了？」

季漠然望著眼前的項鍊發愣，好像走神似地忘記了我的存在。

「漠然？」我試探性問道。

「嗯？」他僅用鼻音輕輕應聲，我拉了拉他的衣角，整顆心也吊了起來。

「這條項鍊，你說有瑕疵，上面的凹痕只有這塊玉石才會有對嗎？」他語氣有著莫名的緊張。

「對，這世上僅此一件。這攤位是我朋友的，我只是代替他兜售，但他說保證這裡的商品都是只有一件。」男子臉上有難以言喻的熱情，我總感覺他下一句要來個玉石解說，但他只是小心地捧起玉石，把受損的那面翻到上面。

就著頭頂充足的光線一看，如初春乍開的新茶葉綠色上有一抹突兀深紅色，那玉石在光照下，瀅瀅流淌著剔透光芒，又勾著血脈般暗紅，彷彿活過來一樣。

「這應該是運送的過程不慎撞到，工廠統一加工製造，這點瑕疵難免。但保證是純天然的礦採玉石，我還有證明書。」他哥眼看引起我們的注意力，深怕我們會反悔似地，加油添醋又說了一大堆玉石的神奇療效。

價錢壓得那麼低，我都不好意思反駁這分明是夜市上看到的仿製品，早聽說通常直接把價錢壓到低於市價的作法是現下常見的商業操作，但季漠然簡直像是魂都被這塊小石頭吸走了，我硬生生地把話憋了回去。

「你要買嗎？」我忍不住又催了他一聲。

這一問，他驚動似地動了下僵硬的神情，沉聲道：「我有這條項鍊。」

語落，他伸手探進衣領，掏出了一條和店員手上一模一樣的項鍊。

這下尷尬了，我不動聲色地瞟向男店員，對方面不改色，似乎不覺有任何異議，反倒認真問起項鍊的來歷。

端詳著手上的透著琥珀般光澤的綠色石頭，他若有所思地說：「我記得好像是小六的時候，有一天我在學校被球打到流鼻血，在學校止血不住，校醫陪我到醫院，等醫生的時候，忽然有一個護士姊姊拿這條項鍊給我，說是我掉在急診室，那時候我也沒多想就收下來，老人家看到這條項鍊說有保平安的作用，於是就一直戴著。。」

末了，他笑了笑，補充道：「那天妳也在醫院，不過妳好像沒看到我，好久以前的事了，我也記不太清楚了。」

「這條我買了。」他再多說一句話，我的心臟都快要停止了。我可沒膽也沒心情去試他的疑惑比較多還是店員的耐心比較厚。

快速結帳，收起項鍊後，我拉著他離開市集。

我想問他占卜和項鍊的意思，但對上他的神情，我又把話縮回去。

「媛瑄。」走了一段路之後，季漠然轉過身停在我面前。

「怎麼了？」

他的眸光黯淡，忽然輕聲說道：「對不起。」

「你做了什麼對不起我的事嗎？」

「全部。讓你遇見我，遭遇和我一樣的事，我都很抱歉。」

「你沒有對不起我什麼。」我遲疑了一下，「漠然，剛才你是不是想到了什麼？」

他的聲音一顫：「也不是什麼特別的事。只是我來這裡之後，還沒看過有一樣事物或事人和原世界是一模一樣的，除了這條項鍊。」

我大吃一驚，「這麼重要，你剛怎麼不說？」這說不定是助他回去的關鍵！

拽著他又風風火火地跑回攤位前，然而，剛才的男店員已經不在攤位，攤位上放了一張「今日已停止營業」的告示。

「不要緊，如果他知道什麼，剛才也會跟我們說。」季漠然看不慣我失望的表情，用指腹推開我悄悄深鎖的眉頭，「妳沒聽出，後來那位店員明顯在瞎扯淡嗎？」

我捏了捏手上的項鍊，感覺胸口攏聚了一團濃霧，好不容易有了一線希望，又這麼斷了。

「那條項鍊妳留著，這樣也好，就當作是我們之間的信物，以後認這條項鍊，就知道對方還是不是原來的彼此。」他燦爛一笑，這樣的笑容出現在他的臉上，有一股說不出來豔絕，像是漫漫長夜後的一線曙光。

如果時光輕漫是從年少時光偷溜出去的一點輕狂，那我們是這片荒唐裡最驕縱地一抹暖陽。

他把自己沉溺在與自己疏離的世界，適應良好，不代表沒有問題。而他正在逐漸窒息，只是還沒溺斃而已。

夜晚，我獨自一個人待在房間。

手指停在鍵盤上，我輕輕闔上眼，放任著千思萬緒如潮水般淹沒心頭，良久，耳機裡播放的音樂早已停止，世界彷彿陷入無境之靜，我睜開眼睛，一字一字飛快敲打起鍵盤。

「子語，明天放學後，能不能見個面？」

窗外零落的月光澆落在窗台上的盆栽，一隻灰色的野貓悄聲無息地跳過，後腳打翻了盆栽，我抬起眼，視線正好撞上黑夜裡炯炯發亮的黃色眸子。

電腦傳來提醒。

溫子語原本顯示下線的燈號再度亮起，「好啊，就約咖啡廳外面。」

我轉身拿起筆在記事本上加上提醒。

我們不能去苛責昨日，過去的事既往不咎，甚至不能貪戀明日，可是來日方長，時間那麼匆促，餘生那麼漫長。

❀

放學後的咖啡廳，時逢傍晚的天空帶了點迷離的灰色調，斑駁的光影穿透玻璃錯落在我握著馬克杯的手臂上，印在玻璃上的咖啡圖案像個縮小的刺青正好倒貼在手腕上。

桌面除了馬克杯外，還放著一疊折疊整齊的考卷和一本筆記本。

溫子語把最上面一張考卷拿了起來，上面那張考卷寫著79，底下那張寫著85-1，全都是同一個人的考卷。

挑下鼻樑上的黑框眼鏡，深沉的黑眸在我和季漠然身上打轉：「現在的情況，我不是很明白，媛瑄妳能不能再說一次？」

我緊張地捧起馬克杯，先喝了口溫熱的奶茶鎮定心情。

「妳想要我教班長數學和物理，對嗎？」

我差點被奶茶嗆到，慌張地放下馬克杯，我心虛地點了點頭。

溫子語更加困惑，他略帶懷疑的目光直盯著季漠然：「為什麼找我？」

這不是他的主意，是我的，我立刻從椅子上站了起來，「子語，抱歉我沒跟你解釋清楚，我有話要和你說，能不能先和我到外面一趟？」

他會疑惑是正常的，因為我們達成共識不和別人說平行時空的事，拜託溫子語的時候，我也只是隨意捏造了個藉口。

溫子語放下考卷，和我走到了咖啡廳外。

路邊來往不同校服的學生，叫賣著熱食點心的攤販川流於人行道，熱鬧溫馨的氛圍將我們之間的一股緊張無形虛化。

我先出聲：「子語，你應該也有注意到，最近班長的成績退步了。他家裡有些狀況，不太方便讓他去補習，你不是也會教我數學和物理嗎？所以我想說，能不能麻煩你也幫忙。」

「是班長的意思嗎？」

他的語氣一點也不嚴厲，但我依舊心虛不已。

在他犀利的注視下，我不自在地避開他的視線，「是，也不是……你不方便的話讓我教他也行，只是你是我們班的第二名，加上數理也很好。」

「媛瑄，班長他威脅妳了嗎？」他的聲音還是一樣淡漠，語氣卻加重些。

我睜大眼睛，「咦，為什麼突然這麼覺得？」

溫子語最近剪了個新髮型，斜長的瀏海有些浪蕩地落在眉梢間，鬢角的頭髮修剪整齊，一對耳尖略尖的耳朵露了出來，在不太明亮的光線下，顯得他格外眉清目秀，無害的眼眸卻一點也不含糊。

「去年我們班的一位女同學就是因為他的關係才會跳樓，妳老實告訴我，最近妳是不是被他纏上了，他威脅妳嗎？」

❀

隔日早晨，我出門前收到了秦琪身體不舒服要請假去看醫生的訊息，因此我不用先到便利商店外等秦琪會合後，再一起走去學校。

手機裡躺著兩封早晨分別來自季漠然和溫子語的訊息，我只匆匆掃了一眼，還沒回覆，難得一個人悠然上學的時光，我不想自掃興致。

今年花季走的晚，已經接近秋季尾，人行道上的花樹還捨不得凋謝。沿路滿是從花樹上散落的落花綠葉。

花在清風中揚舞，在不清楚前方的天空會多湛藍或是多陰沉的情況下，我自這片闌珊的青春花地上踩過。

等著號誌燈變換時，我隨手舉起手機拍下眼前藍天花樹與遍地闌珊。

才剛踏進校園，身邊驀然走出一個人影，等我反應過來，對方已經跟在我旁邊走了一大段路。

不自覺地走了幾步後，我猛然轉頭。

「嗨，學妹。」方哲熙對著我舉起手。

方哲熙配合我的高度，略略低下頭，額前的頭髮遮住他的眼睛，看不清楚他眸裡跳動的情緒。

「嗨，學長。」我聞聲色變。

我謹慎地看了看四周，現在周圍還沒有很多學生，那他應該不是像上次一樣來為了讓我當眾出糗，這才迎向他的目光。

方哲熙看出我的顧慮，一臉受傷地說：「學妹把我當成什麼人了？」

當然是外表人模人樣，裡面切開來是黑的。

但我不可能這麼回答，乾咳了聲，「沒什麼，就是擔心說不定會有學長的愛慕者剛好在附近。」

聽秦琪說過，方哲熙在校內女同學的心目中可是男神等級的，當然我曾經也是這些女同學的其中一人，在他的形象在我心裡彎了之前。

「妳想太多了。」方哲熙露齒一笑，他停下腳步忽然靠到我面前，我往後退了一步，也跟著停下來。

「怎麼了？」他離我非常近，每一口吐息都撲在我臉上，繚繞著淡淡的咖啡香和淺淺的香水氣息，沒一會我的臉頰已經微微發熱。

近看，他的眼睫毛很長，日照下，彷彿灑滿碎鑽在眼眸上。

「嗯。看來復原狀況不錯。」凝視良久後，他喃喃道。

下意識我摸了摸額頭，前天拆線後，我就沒怎麼去管它，加上受傷的地方平常瀏海蓋下來就看不見了。

「受傷還不都是你的錯。」看完我的額頭後，方哲熙又繼續往前走，他的速度不快，我跟了上去，聽見我的話，他回頭勾了我一眼，眼角略略下垂。

「對不起，我那時候沒想到會害妳跌倒。」

「算了，我們這樣就扯平了。」兩人都各自因為對方丟臉一回，這樣誰也不虧欠誰。我朝他伸出右手，他笑了笑，舉起左手和我碰了下拳頭。

「不過學妹，我今天找妳，是有件事希望妳能幫忙。」

「你需要我幫忙什麼事？」看他的表情，感覺是棘手的事。

高二和高三的教室在不同方向，我和他在樓梯口停下。

「漠然那傢伙什麼都不說，但我想他身上最近一定發生了什麼事。拜託妳了，如果可以的話，幫我問出來他究竟出了什麼事。」他一口氣說完，然後凝神等著我回應。

大把陽光透著樓梯間的天窗灑落我們身上，而我們逆著光，彷彿是光線無法將他打亮，連同我的心也無法點著。

從我的角度看出去的世界，還是同樣的灰暗。

「為什麼要拜託我？」我忽然起了惡趣味，惡意勾了勾唇，「你不是說，我們是情敵？」

方哲熙用與輕活外表不相符的陰鬱音調說道：「漠然他在昏迷的時候，叫了你的名字。」

如果把人生每一場和他人的會面比作一場棋局，他現在是未比試先輸了。

我明知故問，一字一頓，「我的名字？」

「還有醒來的第一句話，也是在找妳。」他嘆了口氣，「所以我重新回想了妳之前說的話，妳並沒有說謊，他大概很在意妳。」他的眼神挾著不輕不楚的曖昧，介在忌妒還有憂慮之間，調和成了個近看可怕遠看憂鬱的寡婦表情。

當然，因為你的小情人已經被掉包了。

克制想懟他連情人真假都不分的話，我想都沒想就搖頭，「我拒絕。」

他並不知道他現在面對的是並非表面所看的那麼簡單，但我知道，所以我不想答應，反正總有一天，世界總會歸正，兩個季漠然都會換回來，那何必沒事找事，再說他總歸是學測生，我不希望因為這件事讓他分心。

「雖然我不懂為什麼，但他現在很在意妳，是妳的話，他一定會說。」

我死命搖頭，往後拉開和他之間的距離。

「為什麼？妳只需要問出來是什麼事，不需要太多細節。」他顯然沒有料到我會拒絕，詫異道。

「不是我不想，是我沒辦法。」

「周末我陪漠然去看病時，心理醫生也跟我說了，要是不找出造成他二度傷害的原因，治療會受到阻礙。」

季漠然該慶幸，班長也有創傷症候群，否則一個健康的人突然就有了心理創傷，那就不是簡單心理醫生診斷，可能還會驚動警方或是更專業的人員。

方哲熙的面色越來越凝重，見我低頭不語，他自顧地做出結論，「難道漠然失憶了？」

我連忙搖頭，他失望地垂下嘴角。

現在的狀況很尷尬，所有人都沒有發現班長已經不是原來的班長，就連聽起來和他親近的學長和表姊也沒有察覺，有很強烈的感知讓我本能地想避免第三人知道這件事，再加上不確定班長什麼時候又會換回來。

所以我誰都不能說，我答應了要幫忙季漠然，那就不能幫方哲熙。

我帶著歉意看著方哲熙，「不要試著了解他。」這是我唯一能給他的忠告。

再忍忍吧，等到班長回來的那天，所有的事就會回歸原點，道時候也就沒有必要再追究。

側身踏上往二樓的樓梯，走了兩階，我回頭一看，方哲熙還停在原處，失神地維持著原來的姿勢，連經過的同學和他打招呼，他都沒有反應。

他是真的很關心班長，但他關心的人並不在這裡。

「學長，」我心一軟，轉頭看著他，「如果你想的話，就把他當作是暫時性失憶吧。」

他抬了抬眉，張口似乎想說什麼，但什麼聲音都沒有發出來，千言萬語最後化做一聲濃重的嘆息。

「所以，你別太擔心，他很快就會好了。」因為我也是這麼說服自己。

不知道方哲熙懂不懂我的意思。

但我們又能該怎麼辦？這幾天，我和他沒有鬆懈，很努力的在找尋讓世界歸正的辦法，但至今日，仍是一籌莫展。

這個世界正在受到傷害，我並不想任何人受到傷害，所以我只能暫時連同季漠然一起欺騙了所有人。

❀

手機閃爍了兩下。

漠然二號：「今天還是我。」

淡淡掃了眼手機，我抬起眼皮，對站在面前的溫子語點了下頭。隨即，溫子語在季漠然從座位上爬起來的瞬間，稱職地順路走了過去搭上他的肩膀。

只聽見，溫子語以一種極其彆扭的音調緩緩說道：「朋友，要去廁所？正好我也想要去，我們一起去吧。」

教室內的女性同胞同時非常有默契地想入非非。

我和秦琪被自己的手機砸了一下腳，我默默在心裡替溫子語默哀了一秒。

「嗯。」一個悶音拉了特長，頓了頓，又頓了頓，秦琪才將硬地彎腰撿起手機，回頭飛快看了我一眼，「妳看看，到嘴的鴨子都飛了，妳就這樣把未過門的準夫婿拱手送走了。」

「想什麼啊妳。」班長已經名草有主了，我是說真正的班長。

下一秒，我不爭氣地在心裡想像起了班長和方哲熙牽手的畫面。

我對於她幾乎要悲痛欲絕的表情不予置評，順手撥了把桌上的課本，把剛才上課抄的筆記稍做整理。

「妳才避什麼啊，說！妳站哪對？妳和子語，還是漠然和子語？」秦琪簡直像極了年節逼問晚輩家事的三姑六婆。

說真的，對於溫子語，我也是很抱歉。

他真的誤會班長又像一年級一樣把我當成目標，接連好幾天，他總會找理由把班長支開，我並不清楚班長一年級的時候到底做了什麼，但看他的反應肯定是很糟糕的事。

沒辦法和溫子語解釋現在的狀況，我其實也不好受。

「秦琪，妳知道一年級的時候，班長做有過什麼……不好的事嗎？」

秦琪還沉浸在自我幻想破滅的悲傷中，「嗯？」

「我說——」

忽然，一個黑影從頭頂壓下，我和秦琪抬起頭。

看見來者，我感覺自己的為猛然一緊。

葉新瑜站在我面前，似乎對打擾我們對話有點不好意思，唇角略尷尬地抬起，她指了指教室外，謙遜有禮，「媛瑄，數學老師找妳，好像分數有問題。」

「新瑜？可是現在快上課了耶！」秦琪率先出聲。

葉新瑜看了她一眼，「不會很久。」

我正因為秦琪的追問煩著，那抹異樣的雜念很快就被覆蓋過去。

「我跟妳去。」

跟著葉新瑜走了一段路之後，我才猛地意識到一個問題。

「新瑜，數學最近不是因為在趕課，老師說暫時不考試嗎？」

沒考試，哪來的成績。

葉新瑜不緊不慢地應了聲，「喔，是一段的分數。」

第一次段考結束多久了，老師竟然拖到現在才登記分數。

我摸了摸鼻子，總覺得哪裡怪怪的，但她是數學小老師，話當然是她說的算。

「嚴老師喜歡安靜一點的環境，所以他借用了地下室的社團討論室登記考卷。」順著樓梯直直往下，葉新瑜腳步飛快，一面說著，也沒回頭確認的意思。

我抬起手腕，看了下時間，下一堂國文課要考複習考，確認完分數再走回教室，應該還會有時間讓我回去偷瞄瞄個小抄複習。

她口中所指的社團討論室在地下室的最後一間教室。推開門，她退了一步，讓我先進去，似乎是不想進去。

我沒特別在意，逕自走了進去。

「老師。」最後一個師字還沒發完，砰一聲門板猛力關上的聲音在我耳邊迴盪，還順帶一聲清脆的喀擦。

抬頭撞見空無一人的討論室，還沒反應過來，我已經本能的撞向門板，又伸手去扭門把，轉了幾下沒成功，唯一的出入口鎖死了。

「對不起，但誰叫妳惹到樂琳了。」門外傳來葉新瑜的聲音，隨後一陣急促的腳步聲漸漸遠去。

……嗯？這難道就是傳說中的霸凌？我淡淡地下了個結論，心靜如止水。

下一瞬，霹天巨雷在我胸膛劇烈炸開。

WHY？

等等啊，我這是遭惹了誰？我在班上就安分地像株隨風搖擺的路邊草。像葉新瑜這種優等生，我們在一學期對話的機會不到五次，我什麼時候得罪她了，怎麼就變成標靶上的靶心了？

退後了幾步，我環視了整間討論室，狹小的空間，牆上的窗口開在最底端，我按了按開關，三兩盞電燈壞了一盞，電風扇全壞了。我真的很懷疑會有老師為了安靜跑來這種地方改考卷！

唯一的優點是收音不錯，位在地下室，上課鐘聲依舊響亮。

正規教室該有的課桌椅和黑板都有，就是位置擠了點，我挑了張靠進門邊的位置坐下，手機被我留在座位上沒拿，我有些緊張，用指尖撓了撓木頭桌面，強迫自己不把注意力落在手錶上。

段考前的複習考非同小可，非但缺考不能補考，單次平時成績還會被掛上零分。算這個我不知道何時招惹的葉新瑜夠毒，還能想到這層上。

長時間不通風的空氣讓我有些胸悶，我感覺自己好像快悶成了一隻燒烤雞。瞪著天高一般的窗口，我重重吸了口帶著霉味的空氣，又重重吐出來。

不是啊，要玩霸凌，至少也給我留個窗通風吧！

正當我盤算著再晚一點就要一口氣當三口氣吸，不然我恐怕等不到警衛來巡門，就這樣默默不為人知缺氧暈死了。

眼前的大門猛然被人從外面拉開。

腦中剛浮現夜間盤查的警衛，我倏然從座椅上端正站了起來。室內燈光通明，迎向門口的剎那，我本能地還是伸手擋了下眼前，猶如幽禁在深淵裡的囚徒重現曙光一般。

呼吸在對方的輪廓清晰那刻不自覺一滯。

「媛瑄。」季漠然握著門把的手上浮現突起的青筋，他逆著光，臉上的表情格外冷漠，看見我之後，他笑了，「總算找到妳了。」

「班長你……」我站了起來。

「還好剛走回教室的時候看到妳，多心瞄了眼妳們離開的方向，剛上課鐘聲響起看見只有一個人回來的時候，聽到妳朋友說你沒帶手機，我覺得不對勁就跑出來看。」他好意替我解釋。

也許人在神經極度緊繃的時刻，反而能做到一般時間沒辦法做到的冷靜思考。

額間的汗水滑了下來，我抿了下唇，脫口道：「班長，你瘋了嗎？不是在考試嗎？你想讓本尊的成績掛零嗎？」

季漠然有些不知所措，手指摩娑下巴，腦袋大概也當機了一秒，「老師好像遲到了，妳還要回去考試嗎？」指著門外的手指一顫一顫。

「要！」這不廢話嗎？

迅速定了定心魂，我不敢馬虎，把討論室裡的開關都關上，趕緊隨他連跑帶跳地回到教室。

我們和而後拿著考卷到達教室的國文老師前後只差了一分鐘。

單手執著紙筆，單手抵在胸口，回到座位上，我才猛然感覺劇烈跳動的心跳，好像再多呼吸一口就要衝出胸膛。

腦袋好像被人用針挑起了最纖細的神經，我勉強定心翻動桌上的試卷，興許是驚魂未定造成的心理作用，我花了比平常還多一倍的時間才寫完。

擱下筆，第二堂課下課鐘聲剛好響起。

今天的國文老師心情不錯，鐘聲一響就揮手放同學交卷後就下課。待前座的同學向前傳遞收走試卷和答案卡，我坐不住便從位置上爬了起來。

考卷一脫手，不安攏盪的雙腳一蹬，兩手搭上桌面將自己從椅子上撐了起來，一連串一氣呵成的動作已經在電光火石間完成。

目光搜尋教室裡的目標時，對方已經跑掉了。

「湯圓，妳剛怎麼回事？」秦琪語氣難得一本正經。

溫子語也走了過來，他整張臉都異常嚴肅。

我沒理會他們，不死心地伸長脖子，正好撞見一個女同學向事半路脫隊，神色幾分驚慌地跑了進來，往自己的座位摸出知手機後，隨後以閃電般的速度跑了出去，耳邊傳了聲秦琪不厭其煩地追問。

「我尿急，去一下廁所，你們先去學餐。」我擺了擺手，沒回答秦琪和溫子語的疑問，順著後門跑了出去。

時間抓得不快不慢，剛剛好讓我逮著那慌張的身影消失在尾端因故封閉的樓梯口。

「新瑜，妳說說看這次，不但沒成功把人關起來，還便宜了那個何媛瑄！妳找死嗎？我不是說不論用什麼手法，都要讓她不能參加這次的考試！」

聽見我的名字，我踩下煞車，心頭一顫，我怎麼沒有半點得便宜的感覺。

「我們這次可是給妳機會，妳就這樣白白糟蹋了。」

「對不起。我沒想到班長會衝出去。」

這裡是鮮少有人經過的樓梯口，某次地震，不知道是這處的地基不穩還是搖晃太大，向上的樓梯轉角塌了一個洞，那之後就封閉了。拖了好幾年，都沒見學校派人修繕。

不敢探頭出去，我豎起耳朵，從聲音中辨認出韓樂琳和葉新瑜，還有幾個女生，都是班上和韓樂琳比較好的女同學。

葉新瑜從頭到尾都重複著道歉。

我懵懂間見識了一場現實的階級制底下的分工合作，聽起來葉新瑜只是受韓樂琳指使，論現在的關係分部，我就是那個目標物，姑且把韓樂琳放在最上頭，葉新瑜的角色地位甚至比我還低，差不多類似遊戲裡低等小兵。

「樂琳，現在何媛瑄怎麼辦？我有點怕，她該不會就是偷走影片的人？漠然是不是被她威脅了？」一個略低的女聲打斷我的思緒。

此時此刻，滿腦子的混亂幾乎要讓我窒息。

「自從那堂數學課之後，漠然就變的很奇怪，漠然該不會喜歡她吧？何媛瑄到底哪裡好，根本比不上小樂妳好不好！」

這真的是冤枉啊，而且，她這話苗頭對錯人，有本事就衝著方哲熙說啊。

「妳想怎麼對付她？」沙啞女聲又問：「這次之後，她對葉新瑜會有戒心。」

大把陽光透著樓梯間的天窗灑落她們身上，而我逆著光，謹慎藏在陰暗處，彷彿是光線無法將這地段的陰冷打亮，連同我的心也無法點著。

早在季漠然失態在課堂上抱我的那張照片流出來，我就該意識到旁人會對我和班長的關係多少會有加油添醋的幻想，但我從未想過會有這樣的反撲效果。

想來兩個季漠然也是無辜，原來不是班長刻意疏遠女孩子，而是他身邊其實有一群捍衛女戰士在幫他清場，這些話錄給方哲熙聽，他大概樂壞了。

「新瑜，我再給你一次機會，把影片找出來，還有不要讓何媛瑄有機會接近漠然。不然妳就等著替我們背鍋。」

是韓樂琳的聲音，她語氣沒有太大的起伏，就像是講台上老師宣布明天要抽考默寫一樣的口吻，卻有著莫大的壓迫感。

和上次一樣？

還有影片又是什麼？

我在班上雖不算是特別突出或是零存在感的人物，本身也不是那麼冷漠的人，或許人天生骨子裡就有著古道熱腸的性格，只是刻印在有些人的基因裡比較濃一點或是淡一些，而我大概是介在中間。

我該感到害怕或是委屈，但奇怪的是，我出奇的平靜。早在先前在回收場看到葉新瑜的時候，我就該有所警覺。

葉新瑜和我一樣。

大概是這個想法讓我感到憤怒，上一回的見死不救，什麼事都不能做的無力與耳邊激動的話與重疊，我倏然站了起來，想乾脆現身。

忽然一個黑影閃過我的身側，還沒來得及反應，我就被人往反向拉離開了現場。

順著扣在手腕上的手往上看，我渾身一僵，走了一段，等到走下了樓梯，我才回過神，使力掙脫對方。

「妳剛在幹嘛？」季漠然顧忌周圍還有同學，刻意和我拉開了一步寬的距離，語氣也散漫著隨意，但眼神卻十分凌厲。

「我剛只是在……」我摸了摸被風吹得奔放的頭髮，仰起頭反問他：「那你又在幹嘛？」

「妳少去惹她們。」他側面的線條似乎更加緊繃。

現在好像不是我惹不惹的問題，老實說，我現在根本霧裡看花，對自己處在什麼情況都一知半解。

我反問，「你把話說清楚，什麼叫別惹她們？」

難道剛才的事他都知道？

季漠然輕擰眉心，柔和的聲音帶了點嚴肅：「她們——」

「班長。」

「媛瑄。」

兩道不同的聲音截斷了他的話。

我和他不約合同地轉過頭，葉新瑜站在一步之遠的樓梯口，臉色蒼白，出聲之後下意識地緊咬著唇，而在她身後不遠，溫子語正好從樓梯走上來，一腳落在底下一階台階，一腳踏上了二樓走廊，他的胸口劇烈起伏，像是用跑得過來。

季漠然神色一凜：「葉同學，怎麼了？」

「子語，你怎——」我的聲音接在季漠然之後，還沒來得及完成。

溫子語三兩步跨出樓梯口，猛然跑向我們的方向，在我來得及反應之前，他抓住我的手用力將我拉到他背後。

他緊迫地盯著季漠然，用一種壓迫的聲音說：「不準動她。」

季漠然臉色沉了下來，一言不發地盯著他。

「子語！」我推了推溫子語。

他沒有放手，反而加重扣住我的手腕的力道。

「媛瑄，不要再和他有任何關係。」他清冷的聲音沒有任何溫度，說：「梁于舟就是被他害死的，妳別被他騙了。」

對面的季漠然陡然一顫，葉新瑜原本蒼白的臉色一瞬間近乎雪白。

梁于舟。

我不認識她，但幾乎全校的學生都知道這個人——梁于舟是半年前在一年級第三次段考最後一天自殺的女孩。

季漠然的臉從葉新瑜的後方露了出來，他越過前方兩人，直直地望向我。有一股很真實的恐懼從腳底板竄了上來。

……班長，真正的你，到底是怎麼樣的人？

第四章
世界惡意與善意並行

第二次段考最後一科考試結束，這意味著兩個世界交換已經將近三個月。
季漠然成功地守住了第一名的寶座，但各科分數還是比不上本尊幾乎變態的分數，無論如何我們都想將秩序拉回正常，但就像彈力疲乏的橡皮筋，非常非常緩慢地恢復原狀。
「我問到于舟的最後聯絡的人是誰了。」
我握著手機的手一頓，然後，我又按下刪除，頓了一會，又重新輸入。
「好好休息。」
送出訊息後，我放下手機，抬起頭。
金色陽光穿透潔淨的玻璃窗，在他身上披上一層薄薄金紗，若有似無，光線在地面上劃開一道淺沙，將我和他相隔。
現在他的肩上扛著兩個世界的重量，平衡正在一點一點的歪斜。
「漠然，我們去打球！」
「對對對，我們找到了一間新的保齡球館。」
旁邊的男同學興奮地攬著他的肩，一行人談笑風生，歡愉地走出教室。
一年七班最後一個學期到底發生了什麼事，班長怎麼能像這樣若無其事地迎接新的學期，他怎麼可以？
「媛瑄，妳有話要我幫妳跟班長說嗎？」溫子語的身影晃到我的前面。

「沒有。」我一扯笑容，轉身快速收拾書包。

一大群人走掉後，教室瞬間空曠很多，只剩零星幾位同學。

「湯圓，該走了。」秦琪的聲音慢悠悠地傳進我的耳裡，「子語，我和湯圓要去崛江商圈，你要一起去嗎？」

「我待會有事，你們好好玩吧。」

抬起眼眸，正好看見溫子語轉身離開的背影。

「湯圓，走吧。」

抓住秦琪朝我伸出的手，最後我們也將這個埋葬大片青春的教室拋在後面，以及對兩個世界多餘的心思。

清一色各式的巧克力在面前排開，站在店外彷彿都能嗅到巧克力的香甜，柔和的燈光下，每一種巧克力看起來都像是金塊一樣，閃閃發亮，當然每一種的巧克力價錢對一個學生來說，也相當於買黃金一樣貴。

這間巧克力專賣店在我們這區很有名，因為造型很別緻，如果是特別節日，還會有特殊包裝和造型，因此校內很多情侶都會買這家的巧克力當禮物。

我在這裡住了這麼久，卻一次都沒來過，要不是剛好爸爸抽獎抽到折價券，我恐怕沒機會光顧。

吞了吞口水，我謹慎地選中目標後，才走進店裡選購。

提著紙袋走出來時，秦琪已經解決手上的冰淇淋，一蹦一跳到我身邊。

她的成績比上次進步了很多，心情正好，加上又有喜事，整個人歡喜得像是給她加上雙翅膀，下一秒就會立刻飛上天。

「妳買巧克力要給誰啊？」

我下意識地縮了縮手，勾了勾笑，扯了個小謊：「給我爸的，他生日。」

「妳真好，改天我也買來送我老爸。」秦琪表情莫名失落了一瞬，「我還以為妳要給子語的生日禮物。」

「子語的禮物我另外買好了，怎麼能用巧克力敷衍了事。」

秦琪涼涼地看了我一眼，不知道是不信還是別有深意。

買完巧克力後，我們搭上公車離開商店街，又回到校門後的咖啡店。

今天是她的書畫生日，秦琪特地花了兩個禮拜編織了一條藍色圍巾要送他，一整天都能看見她不時察看確認圍巾還在不在，就深怕會不小心弄不見。

遠遠看見端著托盤的書畫朝我們走來，秦琪臉頰泛著紅暈，她躲到我背後。

「冰摩卡和熱拿鐵。」

放下托盤上的飲料，書畫學長抬起頭溫和地對我笑。

「謝謝。」我縮著脖子小聲地道謝，一邊用手肘擠了擠躲在背後的秦琪。

店裡還有其他客人，書畫學長收起托盤說了聲用餐愉快後就轉身離開。

人要跑了！

我趕緊地猛力想把秦琪從我身後戳出去，不料往後一撞，後方空無一物，再轉向書畫的方向，他的身邊不知何時多了一個人。

「學長，生日快樂！」秦琪低著頭，把手上的圍巾和卡片高舉地道書畫學長面前。

那一刻，所有人屏息凝神，連我也是眨眼都不敢眨一下。

書畫學長愣了一會，彷彿是天使也沉睡的沉默過後，他彎起嘴角，一抹溫柔自嘴角擴散：「謝謝妳，秦琪學妹。」他接過圍巾，然後輕輕地摸了摸秦琪的頭。

「我會好好珍惜的。」他又說。

店裡所有客人爆出熱烈掌聲，還穿雜著幾聲歡呼。

秦琪輕飄飄地走回來，她現在的狀態說是喝醉也沒人懷疑。

我剛想拿她開玩笑，身旁的手機不識相地震動了好幾下，我伸手想按掉手機，出現在螢幕上的聯絡人讓我停下動作。

食指一滑，手機屏幕立刻跳到訊息畫面。

「我去泳池，等一下我過去找妳。」手機匡噹一聲掉到桌面。

對著這六個字，我呆滯了幾秒。

還沒消化完前一句話，接連又有更多訊息跳出來。

「沒什麼事，我找韓樂琳聊聊。」

我的手指蜷曲，扳著手機殼，五個指節用力到泛白。

「湯圓，怎麼了？」

一激動，秦琪不小心碰到我放在桌上的紙袋，別著黑色蝴蝶結青色紙袋啪一聲落到地面。

「沒事。」反射動作就把手機朝下蓋上。

身後店門打開，清脆的鈴鐺聲響起，我移開定在手機上的視線，緩緩回眸。

逆光中，班長出現在入口。

全世界在頃刻間靜默，像是誤觸了電視遙控，所有的人都上演著默劇。秦琪一半擋在我面前，她的嘴巴開開合合，卻像是誤觸了靜音鍵，沒半點聲音。

回過神，我飛快按了下她的肩膀，推開還剩下大半的咖啡，我起身將桌上的個人物品和手機飛快地掃進書包裡。

「我有事，先離開一下了。」

秦琪臉上浮現詫異，想阻止已經來不及。

本來就是來找我的季漠然看見我起身的動作，會心神領地又推門走了出去。

這個世界對他來說就像是張空白的習題，他全心準備了考試，上場時才發現跑錯了考場還頂了別人的考試名額，但在答題結束前，無法提前離場。

避開監考官懷疑的辦法，就只有兩種，作弊或者放棄作答。

衝著門外的季漠然，我忍不住衝著他大聲說道：「季漠然，你瘋了嗎？跑去找韓樂琳幹嘛？還去泳池，你在想什麼？」

「沒事，她沒對我做什麼。」

盯著他若無其事的笑容，我說到一半就說不下去：「你……」

「媛瑄，你想說什麼？」季漠然神色一正。

我懸在半空的手縮成拳頭，好像有一口氣卡在胸口，送不出去，也無法呼吸。

「我只是——」

「湯圓！」身後秦琪的聲音打住我們的對話。

我沒想到她也會跟出來，愣了半秒，開口道歉：「對不起，今天明明是很開心的日子，妳不用出來沒關係。」

秦琪笑了笑，半開玩笑道：「沒事，總不能丟妳一人吧。妳真的沒事嗎？」

她晚了幾步，沒聽見我剛才對季漠然說的話，目光有些疑惑地掃了他一眼後，她大咧咧地勾起我的肩膀離開。

「請等一下。」

走沒幾步，身後傳來一聲喝止，緊接著，由遠而近凌亂急切的腳步聲，秦琪聞聲好奇拉著我停下。

不用回頭，我已經知道對方是誰。

季漠然沉聲道：「秦琪，我有話要和媛瑄說，妳能不能暫時迴避一下。」

我怯懦地說不出任何話，暮色下餘光將我們的影子拉長，而現實中的沉悶也錯覺似地特別漫長。

「我等會還要上家教，那我先走了，你們慢慢聊。」秦琪的聲音有些飄然，我低著頭不敢看她，只看見她的粉色布鞋逆時針轉動了下，又朝我靠近，「湯圓，晚上再打電話給妳，到時候記得解釋一下到底發生什麼事了。」她拉著我的衣角，也彎腰靠在我的耳邊輕聲說道。

說完話後，她就往旁邊公車亭的方向離開。

過了一會，季漠然嘆了口氣，輕輕說道：「沒事了，妳緊張什麼？抬起頭來看我。」

聞聲，我慢慢地站直身子，心有愧疚，一雙眼看著別處，不敢看他。

他沒有逼我，只是挪動腳步，站到我面前，他的目光似水，宛若一淺清泉，清澈溫和。

「對不起，我剛太激動了。」我雙手攥緊衣襬，腦中突然浮現他那日在醫院崩潰的畫面：「還有我也替子語道歉，這幾天他說話特別衝，他以前不是這樣的，你別放在心上。」

季漠然揚起微笑：「妳道歉幹嘛？破壞這世界規則的本來就是我。」

是上天太殘忍，才會讓他失去生命裡重要的人後又重複遇到長相一樣的我。

我的內心微微一動，咕噥道：「你還是罵罵我吧。」

眼前的人就是長著一張班長的臉，溫柔這詞套在班長身上，雖然不是不合適，只是還不習慣。但說不定對他來說，面對我的時候，或多或少是雜帶著私人情緒。

「罵妳做什麼？」他失笑，有些莫名其妙，「不過那個韓樂琳真的太過分了，我感覺妳們班長之前肯定也是敢怒不敢言，看我怎麼治她。」他邊挽起袖子。

「嗯……你還是安靜當顆美石頭吧。」

小綿羊和大魔女對戰的畫面實再太違和了。

「別擔心，我自有分寸，不會露餡。」他的眼神像是暖陽一樣溫柔，輕聲問：「妳剛有話要和我說，是什麼？」

我張開口，嗓子莫名有些乾，「沒什麼，只是想跟你說班長的事，你別太放在心上，也不用替我擔心，樂琳她們不至於真的對我做出什麼事的。」

班長的錯誤沒理由要他來承擔，我只是覺得他太可憐了，他早就孑然一身，拿什麼面對班長真實而糟糕的人生？

季漠然笑著道：「我會的，謝謝妳。」

臨秋的傍晚，天色沉得不慢也不特別快，心底好像有什麼被引燃，在看不見的暗處蠢蠢欲動。

我走回咖啡店，原先秦琪習慣佔的座位上坐著另一個人。

「媛瑄，抱歉我今天是值日生，比較晚過來。」察覺有人靠近，葉新瑜轉過頭看見我，連忙說道。

「沒關係，不過今天是韓樂琳當值日生吧。」我坐到她對面，把盒巧克力推到她面前，「這個給妳。」

葉新瑜盯著桌上的巧克力紙盒，半晌，她開門見山地問：「妳想問我什麼？」

「梁于舟。」我伸手捧住她幫我點的咖啡，陶瓷杯面微微散著熱度，我盡可能輕描淡寫地說：「你是于舟的朋友吧？半年前，發生了什麼事？」

葉新瑜起初對我的話沒有任何反應，一會後，她才重新抬起頭。

「我曾經是于舟的朋友。」她目不轉經地盯著我，冷聲說：「半年前，我和其他人一樣都是加害者。」

她的身型極其瘦小，眼神卻一點都不懦弱，就像隻蓄勢待發的野貓在黑夜裡亮著一對銳利的眸子。

我愣了一下。

葉新瑜沒給我消化的時間，又接著說：「我不知道妳和班長有什麼關係，但我勸妳不要和他走太近，半年前，我們班集體排擠她，最初引導風向的人是當時的班長，也就是現在我們班的班長。」

我幾乎懷疑我聽錯了，「你們集體排擠她？」

「別表現那麼清純，這又不是什麼值得大驚小怪的事。妳以為電視劇裡演的都是編的嗎？」葉新瑜笑了一下，「說實話，班上大概很多人到她自殺之前都不知道為什麼要排擠她，人其實真的是很容易跟著風向走的生物，哪怕自己不是真的和其他人一樣沒有良心，大概是怕自己不知不覺間會變成眾矢之的，所以做著同一件事忽然就變成了一種不言而喻的正當事。」

「所以是因為什麼？如果于舟沒有朋友，她不會平白去招惹你們任何人。」

「這你要去問班長。」葉新瑜搖搖頭，「這不是什麼光榮的事，也不是什麼大祕密，但卻是一件惡毒的事，妳該聽溫子語的話，不要過問這件事，班長的事他會自己看著辦，妳不需要管。」

我皺起眉：「我管不管，跟妳沒有關係。」

「所有的罪行都是從最小的惡意開始，累積堆疊，最後到了無可挽回的地步。」葉新瑜瞇著眼睛看著我。

聞言，我愣了半晌。

老實說，我不是很能體諒葉新瑜現在的態度和反應，就像是置身事外，也像是在包庇某人。

「妳想說什麼？」我皺起眉，「影片又是怎麼一回事？」

葉新瑜的臉色陡然一變。

咖啡店裡的音樂換了一曲，節奏略慢的音樂流淌而過我們之間凝重的氣氛。葉新瑜和溫子語的表現都讓我覺得這件事是個禁忌，但這禁忌與季漠然有關。

我抬起手，釋出好意，率先打破僵局：「妳說的對，于舟的死和我沒關係，我也沒有能力或是勇氣去為她做什麼，我只是想知道一年前的真相，妳就當作我是一時好奇。」

那時候，韓樂琳威脅季漠然的話讓我很不安。碰巧窺視到的那一幕，也讓我隱隱感覺因為同樣的事，韓樂琳說不定已經恐嚇過他很多次。

「于舟會死，不是突然就發生了什麼逼迫她去死的事。」葉新瑜端起馬克杯的手隱隱發抖，她直勾勾地盯著我：「我希望妳自己有自知之明，妳先管好妳自己。妳應該知道樂琳從以前就喜歡班長，妳不要再去和班長有任何交集。」

我皺了皺眉，「于舟喜歡班長嗎？」

「這重要嗎？」

她略帶戲謔的話語轟然打在我心頭。

有人死了，卻沒有人在意。

一件悲傷的事發生時，總要有個人負責，但罪魁禍首是整個班級。

難怪溫子語每次提到一年級生活的時候都有些閃躲。

我覺得自己整個人都在顫抖：「我就問你一句話，妳剛說班上的人都知情，溫子語也包括在內嗎？」

「不在，他上學期很常和校隊出去比賽，對班上的事大概不是很清楚。」

這根本是齣荒唐劇。

季漠然堅信另一個世界的何媛瑄是受到了班上霸凌而自殺，他最好的朋友是受害者，他是不知情者，可是這個世界的季漠然在半年前害死了同班的同學，這裡的季漠然是霸凌者。

週四下午，第五堂課是體育課。

段考結束後的體育課輪到排球項目，我不擅長體育，論討厭程度，排球大概是我討厭的球類項目排行第一名。

全班做完操後，老師喊大家解散，五六個人分成一組。

我東高馬尾，在人群中找到秦琪，雖然我的體育成績一直不高，但從來沒有不及格過，這也都多虧了她。

秦琪已經找到另外四名成員，也正在找我，看見我走過去，欣然拉起我的手加入小組隊伍。我們排序第二輪比賽，第一輪是男同學組合比賽。季漠然負責靠近球往前排中間的位置。

比賽開始後，班上女同學的視線集中在球場上表現比較活躍的同學身上。

起初我也很認真在賽局上，然後慢慢到了最後，我關心的只剩下季漠然一個人，我不太懂排球，但我看起來，不管他們那組比分高低，他都打得很好，就連失誤也令人心跳不已。

結束哨聲吹響，第一輪比賽雙方打成平手。

儘管男同學還想再繼續較量，礙於時間有限，老師承諾下一次上課在讓他們比後，接著第二輪接序上場。

「加油！」

我和組員擊掌加油，提振心情後，我們依序走進場內。

同組成員體諒我球技不精，只讓我負責發球和守備，比較難的救球她們都全部包辦。

雖然已經進入十二月底，冬天的天氣在白天很暖和。

比賽才上到一半，我已經汗流浹背，趁著比賽間的傳球空檔，我停下來用衣領擦汗。露天的排球場，從頭頂上直射下來的陽光，高溫快將人灼傷。

調整呼吸後，我重新加入球賽。

一比二。

我們這組還落後一分。

「湯圓！」打破我的思緒，秦琪慌張地對我大喊。

緊接在她的大喊後，排球正面向我飛來。

隨著比賽的行進，我站在靠近邊界線的位置，這大概是我反射神經最快的一次管不著距離或是姿勢問題，我往右邊一躍，雙腳落地後，向後踏步，後腳觸地往下壓，形成弓箭步，我快速握起雙手，瞄準球落下的方向往上用力一擊，腳部往後滑的瞬間，我感受到腳後冷不房竄出隻手用力把我往後拉。

灰白色球面重重叩上我的手腕，隨即往前高高拋出一個完美的拋物線，然後，我重重撲倒在地面上，一陣撕心裂肺的痛楚從膝蓋和腳踝傳了上來。

高仰的視角，最後我成功拋出的排球落向對方場內，過網後彈到地面，那滑稽姿勢之下的救球，成功。

場外負責算分的同學，大聲喊出比數：二比二。

正巧趕上老師的哨聲吹響。

「湯圓！」秦琪走向我，對跌坐在地上的我伸出手。

聽見呼聲，我試圖從地面上起身，未料才剛使力，我又跌回地上。

先是膝蓋劇烈的疼，接著從腳底竄上一陣涼意，慢慢熱起，接著像是有人用火燒著我的腳踝，試圖移動哪邊都引來椎心的疼。

「幹。」我聽見秦琪猛爆髒話。

隨即，她又跑開，「我去跟老師講一下。」

我勉強彎動左腳，膝蓋關節處插了一根圖釘，稍微挪動開來，才發現我跌落的附近地面上都是銀色圖釘，頂樓烈陽下，閃著亮晃晃的白光。

秦琪快步往體育老師的位置跑去，和老師解釋狀況後，又快步跑回我的身邊，她讓我搭著她的肩，借力站了起來，秦琪扶著我一步一步慢慢走出體育場。我疼得滿頭都是汗，眼前也是白花花一片，左腳幾乎無法動彈，一動就好像有火劇烈灼燒，火辣辣地疼。

搭電梯從頂樓到體育館一樓，保健室距離體育館不遠，但還有一段距離。

「還是我去借輪椅，妳在這裡等我？」秦琪面露擔心。

我疼得說不出話來，只能搖搖頭。

秦琪又罵了一次髒話，「是誰在地上放圖釘啦！最好不要被我抓到！」

這個時候，突然有一個聲音喊住我們。

「請等一下。」

秦琪拉著我回過身，左腳一陣疼，我忍不住皺起眉頭。

溫子語從樓梯口走了出來，樓梯間的陰影折射在他的臉上，看不清他的表情，他的與氣不緊不慢，但卻能感受到真誠的憂慮，「老師讓我過來幫忙。」

我看看秦琪又看看眼前的溫子語，秦琪的表情由愕然，逐漸變得猥瑣，然後下一秒，她連節操都不要了。

「這怎麼好意思，男女授受不親，我雖然腰痛，但用拖的也是可以把她送過，唉呦，我的腰。」秦琪裝腔作勢地搧了搧手，說話的同時，口是手非地將我扔下。

我默默地想扭頭當路人。

「這樣太麻煩了。」像是吹動繁花的清風，輕輕撥擾我們之間的凝滯氛圍，溫子語很輕柔地說道。

溫子語半蹲在我面前，我愣了一瞬，他側過臉對我點了下頭，「嫒瑄，不要拒絕我。」他輕聲說。

彷彿一眼就看穿我的心思，我不由臉頰一熱，在秦琪的鼓譟聲更加猛烈之前，我伸手搭上他的肩，他雙臂勾住我的腳，輕鬆地將我揹了起來。

停留在他臉上，令人失神的一抹笑，我愣了一瞬。回過神以後，他已經背著我走一大段路。

溫子語走得慢，忽然側過頭問：「腳疼嗎？」

「嗯……」我的聲音顫了一下，咬了下唇，「謝謝你。」

沉默走了一段路後，他輕聲說：「嫒瑄，妳剛離我太遠了，以後妳不準遠離我超過一百公尺。」

我忍不住臉熱，自小便認識他，可是這樣的溫子語，我還是第一次見。

「為什麼？」

「保護妳。」溫子語的睫毛很長，側面看起來，更顯得清俊，他眨了眨眼，眉宇間彷彿有流光飛舞：「妳太單純了，這樣不好。妳要知道，這世界有好人，也有很壞的人，也許妳一視同仁對誰都好，可是別人未必也把妳幫成他的同仁。」

「那你是好人？還是壞人？」我忍著疼也想逗他。

他翩然回眸，目光柔和，彷彿鍍了銀光，在陽光下，他勾起微笑。

「把妳放在心上的人。」

把我留在保健室後，溫子語就先行離開，本以為他會在下課後回來找我，沒想到，我等來的是秦琪。

「失望啦？」她賤兮兮地對著我擠眉弄眼。

「才沒有。」我白了她一眼，然後伸出一隻手：「來，扶本宮起來。」

「去妳的。」秦琪笑笑罵罵地推了我一下，仍然還是小心翼翼地讓我搭著她的肩起來，「妳腳還好嗎？」

回想護士小姐看到圖釘的時候，表情驚恐得像是看到可怕的東西一樣，光是要幫我拔起圖釘就足足琢磨了五分鐘才下手。

稍微動一下，我疼得倒吸了口氣，「等，等一下得請假了，要去醫院打針破傷風。」

「那我幫妳拿假單，先回教室收東西吧，聯絡妳媽了嗎？」

「嗯。」我簡單應了聲。

腳依然疼，一疼就讓人毫無講話的慾望。

「剛才老師也很生氣，說要找我們班導談，放學前一定會揪出放圖釘的人」秦琪小心輕緩地扶著我走出保健室，她繼續說：「妳就——」

一個尖叫聲打斷她：「有人打架！」

「五班打起來了！」突然間散落在走廊上的同學全往同一個方向奔去。

前方不遠處，一大群學生把體育館外通往保健室的走道擠得水洩不通，圍在外圈的人試圖要擠進中心湊熱鬧，現場一片混亂，幾乎都分不出誰是誰。

「前面發生什麼事了？」秦琪隨機抓住了附近一名女同學問情況。

女同學剛從騷動的區域走過來，她心有餘悸地說：「好像是五班的班長和副班長打起來了。」

我錯愕地看著她，漠然和子語怎麼會打架？

「怎麼會突然打起來？」秦琪睜大眼睛。

女同學的聲音裡也是十分惶恐：「不清楚耶，我好像聽到副班長喊什麼不要觸他的底線，還有聽到有人喊找到放圖釘的人，然後突然之間就打起來了。」

我仰高脖子，慢慢終於看清出站在外圈不遠處一群熟悉的身影。韓樂琳站在那群朋友中間，眸中的輕蔑顯而易見，查覺到我的視線，她也冷冷地回望著我。

所有的罪行都是從最小的惡意開始，累積堆疊，最後到了無可挽回的地步。

葉新瑜冷漠的聲音忽然從腦海中響起。

我推開了秦琪，一跛一跛，跌跌撞撞地想要衝向人群。

身後，秦琪止不住慌張地大喊。

「等等，湯圓妳幹嗎？湯圓？湯，媛瑄！」

❀

混濁的天色透著枯枝落葉的腐敗氣息，沁涼的微風搔過行者暴露在空氣問的肌膚，流淌在咖啡店裡的音樂不合時宜地活潑了起來。

我們坐在和老位置，點了一樣的餐點，景物依舊，唯獨氣氛不對。

「溫子語你先跟班長道歉。」溫子語瞪著對面的季漠然，聽見我的話，不可置信地瞪大眼睛看著我。

「道歉啊。」我回瞪他一眼。

「沒關係，媛瑄，我沒怎樣，是我才該道歉，把溫同學的臉頰打到瘀青。」季漠然率先嘆了口氣。

「你道歉做什麼，我剛問清楚事由了，是子語先動手的。」

溫子語的表情比桌上的黑咖啡還黑。

「子語，這次是你不對，我知道放圖釘的是誰，絕對不是班長。」我端起咖啡，啜飲一小口，苦澀蔓延整個口腔。

溫子語終於看了季漠然一眼，後者露出了個無害的笑臉，溫子語抬抬嘴角，心不甘情不願地說：「對不起。」

季漠然搖了搖頭：「沒關係。」

氣氛凝結在他的最後一句話，安靜好像貿然出現的朋友，阻隔在我們中間，而我們透過一道屏障凝望著彼此。

良久，溫子語打破沉默，語氣依舊僵硬：「媛瑄，我們該回去了，我不知道那傢伙是不是對妳說了什麼，妳想讓我道歉，我也道歉了，我們走。」

他仍然餘怒未熄，說完話，他起身拿起我放在空椅上的書包，不由分說地拉著我走出咖啡店，走出店外之際，我不放心地回頭望向玻璃窗，季漠然背對著門口一動也不動，似乎也是心事重重。

「子語，你別生他的氣。」一拐一拐地走在後方，我小聲地說道。

話剛說完，溫子語轉過身，怒氣騰騰地吼道：「妳最近他媽到底怎麼回事？」

我眨了眨眼，沒說話。

「你說班長沒有威脅妳，我相信妳，然後妳又說班長現在已經變成好人，我也暫時相信妳，可是于舟的事，我不許妳再繼續管下去。」溫子語的語氣逐漸煩躁。

可是最初的我們都沒有想要追查于舟的事。

「于舟，總是于舟。」我說：「如果你知道半年前班長和這件事的關係，你也願意告訴我的話，我就不用自己查！我也不想追這件事，可是我有自己的苦衷，子語，這不關你的事。」

溫子語的臉色很不好，沉默了一會，他才悠然開口：「妳的腳還痛嗎？」

「我有吃止痛藥。」我拍拍自己的大腿，要是沒有太大的動作的話，基本上不太會痛了。

走到路口，溫子語停了下來，轉過頭來，認真地注視著我：「媛瑄，我本來不想說，這是以前七班所有人共同的祕密，妳要聽好了，半年前于舟的死因是自殺，但是沒有人相信，當天的監視器紀錄被人偷走了，樂琳他們一直再找，這種時候，任何人提到于舟對她們來說都是一種威脅，不管妳是不是拿走監視器的人，她們都不會放任妳不館，妳很善良，是因為新瑜，所以才想追下去的吧？已經夠了。」

知道有人因為霸凌而死掉這件事，讓我很難過，但我沒有理由也沒有能力去追查，可是我總有個錯覺，于舟的死背後一定還有什麼。

❀

同一個人，兩種靈魂，要怎麼扮演另一個人。兩個不同的人，要怎麼假裝成為同一個人。

他戴著名為「季漠然」的面具，負重前行，他必須以季漠然的模樣活著，可是他就是季漠然。

接下來的每一日，葉新瑜和溫子語的話，時不時在我腦中播放，最讓我痛苦的是，季漠然依舊表現得若無其事。我不希望事情越來越糟糕，起碼不能讓他在班長回來之前露出破綻。

畢竟這種事又有誰會相信？如果不是親眼所見，我也不會相信。

上天也許給他的命運開啟了新的一章，但卻是殘忍又無理。

英文課下課，我看見被英文老師叫走的季漠然，想了想，我不太放心，立刻放下手上的紅筆，從座位上起身就想跟上去，才剛從椅子上站起來，秦琪詫異地拉住我。

「妳不是要跟我檢討考卷嗎？」她才剛拿紅筆往自己的考卷上寫上中文解釋，被我的動作嚇了一跳，自己的考卷上多了條歪斜的紅線。

我掃了桌上的考卷一眼，「我沒問題了。」

「妳當然沒問題啊！是我要問妳問題耶！」

我啊了一聲，拿起考卷又放下，「我剛不是回答妳了嗎？」

飛快地掃了一眼考卷，她有問題的第一題，我已經把時態和考題陷阱寫出來了。

「才一題！我還有其他問題！哪有人這樣教人的！」

「我去上一下廁所，等我回來再教妳。」

擔心她繼續追問下去，我拍拍她的手，急急忙忙地走出教室。

科任老師的辦公室在三樓，下課時間，走廊上學生來來往往，比市場還熱鬧，等我跑到三樓，看見季漠然剛好走出辦公室，我連忙快步跑了過去。

「漠——子語？」

後方有隻手猛然扯住我，轉過頭看見溫子語出現，我一愣。

「媛瑄，早上的國文考試有一題我不太懂，妳能教我嗎？」溫子語誠懇地說，眼神卻有意無意地瞟向季漠然的方向。

「我……」

一句話都還沒說完，溫子語不由分說地把我拉走。現在對他而言，班長就和必須隔離的對象畫上等號，我多麼想跟他說，這個季漠然非彼季漠然，可是這樣無濟於事。

我不知道他還有多少負荷量，而我有多希望我能幫上忙，至少讓他在這個世界心煩的事能少一點。他就這樣與世界隔閡，隨時都有可能回去，也隨時有可能回不去。于舟的事尚未解決，又添上一樁新事，我很擔心，不知道他還能承擔多少。

放學後，我是當日值日生，和另一個值日生一起擦完黑板，倒完垃圾後，我折回班上拿書包，仔細確認窗戶都上鎖，交代班上剩下的同學最後走的人要記得鎖門後，我才離開教室。

靠近樓梯口的時候，一陣爭吵聲抓住我的注意。

聲音來源是樓梯掃具室，掃具室是一間荒廢的空教室，現在作為堆放新進掃具和壞掉掃具的一個儲藏室。

這個時間點，掃具室裡還會有人本身就是件不尋常的事。

走到樓梯口時，我特意停下腳步，好奇豎起耳朵。不聽還好，一聽我從腳底一陣寒意直衝腦門。

「妳別這樣行不行？」

是……季漠然的聲音。

他的聲音裡，除了惱怒外，沒有第二種情緒。

我從沒看過季漠然生氣，他簡直就像是天生下來就是要補足班長沒嘗試過得溫柔。但他現在的聲音聽起來，簡直和班長一模一樣。

難道班長突然回來了？

我不安的皺起眉，下意識就往掃具室的門口挪動，牆上結了一層土灰色的灰塵，礙著不能太大的動作，我只好盡力縮著身子，不讓自己的衣服沾到灰塵。

掃具室的門半開，微弱的光線從裡面照射出來。

「什麼叫我別這樣？你別忘了，你跟我說過的那些話，現在反悔了是嗎？」另一個聲音也不干示弱，尖銳得幾乎要劃破空氣。

我愣了愣，那是葉新瑜的聲音。

站在門外的我，在聽見裡面對話的同時，內心泛起潮水般的不安。

葉新瑜的聲音異常激動：「原來你和其他人一樣！明明和我說好了，你最近不但沒回我訊息，還不接我電話，我早就該知道，你只是為了自己，想留樂琳的把柄在手上。」

「我說過了，我忘了。而且我沒帶手機出門！」

「樂琳他們已經懷疑是我把影片偷走，你知道她們如果一天沒找到影片一天不會安心！」

影片？

我逐漸睜大眼睛，有個可怕的想法在腦中成形。

胡思亂想的同時，掃具室裡爭執還在持續。非但沒有消停的跡象，反而越來越烈。

「你難道就不怕我把你的祕密說出去，于舟都告訴我了。」

而我做了這輩子最愚蠢的事，我忘了我是躲在旁邊偷聽，一聽見葉新瑜的話，我立刻衝了出去。

「妳說的話是什麼意思？」等我的話衝出喉嚨，我悔得腸子都青了。

連季漠然也嚇了一跳，原先想要伸手擋住對方離開的動作停在半空中，一隻手橫在我們中間。

葉新瑜嘴巴開合半天，終於擠出一句話：「妳，幹嘛偷聽別人說話？」

「我……」我撥開她的手，挺起胸膛回瞪她，「妳幹嘛威脅班長？」

惱羞成怒大概就是指現在。

「偷聽別人說話還理直氣壯，真不要臉。」她翻了翻白眼。

「我只是路過，聽你們吵這麼兇，進來關心一下。」

「路過？這裡是最後一間教室，往前走就是走廊底。」葉新瑜厲聲打斷我。

她本就生季漠然的氣，現在又冒出我，要是憤怒能具體化，她大概自燃成一團火球了。

「不管那麼多，妳剛說那些話是什麼意思？」我問。

葉新瑜忽然揚手用力推了我一把，我的後腦直接撞上了後方的掃具櫃，陳舊的木櫃受到猛力撞擊後，頓時灰塵漫天揚起，我忍不住嗆咳了好幾聲，好不容易順過氣，我抬起頭，葉新瑜逼近眼前，眼神凌厲而危險。

登時整個人像是被釘在木櫃上，我睜大眼，大氣不敢喘的直勾勾地盯著她。

「夠了。」季漠然出現在葉新瑜旁邊。

他一下子把我們分開，葉新瑜掃我一眼，沒有再說其他多餘的話。隨後，季漠然抓著她大步離開教室，從頭到尾季漠然都沒有看我一眼。

看著消失在走廊盡頭的兩人，肩膀一沉，書包掉落地面，一聲悶聲迴盪在我心裡，泛起陣陣不安。等我慢慢從情緒中抽離，我才發現右手因為剛才擦撞到木櫃上突出的木頭碎片，裂開了好長一條血絲。

悵然地舉起手，心口迴盪著陣陣清晰的痛，分不清是受傷的緣故還是心傷。

在保健室用優碘簡單消毒一下手上的傷口，因為紗布剛好都用完了，護士阿姨讓我用紙巾先壓著傷口，等血止住後，我把紙巾塞進口袋，背起書包腳步沉重地走出校園。

走出後門，我一眼便看見季漠然沉著一張臉在等我。

猶豫了片刻後，還是決定走向他，不知道該表現驚喜還是驚嚇，我故作輕鬆微笑。

「嘿。」我抬起左手。

他冷淡地回應道：「我有話要跟妳說。」

這一刻，他就像是真的班長，冷峻無情。他真的做到了，完美詮釋班長，但卻不是值得開心的一件事。

沉默地走了一段路，季漠然在我家巷口外的麵包店前停下來，他轉過身低下身看著我，他光是一個眼神就足以讓我窒息。

「妳為什麼要偷聽我們講話？」

「我要回家的時候，聽到掃具室傳來爭執聲，所以想說關心一下，沒想到是你們。」我語帶委屈，偷聽是很不道德，但也沒必要生那麼大的氣。

「妳這不是關心，是幫倒忙！」

呼吸一滯，若不是清楚他不是班長，他現在的整個人的態度就像本尊一樣。

「你這樣真像班長。」我凝望著他，試圖要緩和氣氛。

他無所謂地笑了笑，神情有說不出的哀傷：「這不就是我來這個世界該做的事嗎？」

「你怎麼了？不是說好一起解決嗎？葉新瑜的事為什麼不告訴我？」

季漠然難得發怒：「妳他媽剛出來幹嘛？她一直很煎熬，我本來已經快讓她冷靜下來了。」

他一直都一副適應良好，淡然處之的模樣。但原來他早就默默的瀕臨極限。

不知道葉新瑜告訴他什麼了，但肯定不是什麼好話。

不管他生多大的氣，我都沒辦法不滿。

「你累了，這件事你別管了，是班長的事。」我輕聲說道：「新瑜她只是犧牲者，但並不代表她沒罪，她該承受的，但你不一樣，于舟的事和你無關，她沒資格那樣說你。」

沒有人能夠承受自己害死人這件事，要能做到這件事，除非他泯滅了人性。這才會有後來的種種惡行，為的是掩蓋曾經害死人這件事帶來的罪惡感。

新瑜值得同情，但不代表她也該同流合汙。

「夠了。」他低聲喝道。

我張大眼睛看著他，腦袋頓時呈現一片空白。

「妳是不是覺得因為自己長得和她一樣，我就不會對妳生氣？」

「我沒有。」

怎麼突然衝著我發脾氣？

像是突然隨風飄來的零星碎火，一下子點燃起本來無事的荒原草漠。大火一發不可收拾，我不太明白他突如其來的怒意。

「你在害怕什麼？」我的心沉了沉，忍不住就脫口問道。

幽暗的光線，他褪的幾乎沒有血色的臉上，真真實實散發的怒意顯得寥寥可憐，既不扎人，也不足以讓人恐懼。看著他，我有種荒唐的錯覺，他像是極盡避免著某樣事，卻又克制不了，於是折騰著變成了隻繞在搖曳火光前盲目打轉的飛蛾。

他的嘴角擴散開來的苦笑，映在昏暗的光彩下，看起來孤單又黯淡。

「你不要這樣笑。」我抓住他的手，他奮力甩開，大步邁開想要離開現場，我立刻追了上去。周圍還有不少同校的學生，我們身穿著校服很引人矚目，連商店裡的員工都跑出來關心我們的狀況，但我管不了這麼多了。

死命拽住他的手，「我幫你，我有說不幫你嗎？為什麼要自己承受這些？」

他再次發力想要掙脫，這一次我用上兩隻手用盡全身的力拖住他，手背上的傷口，因為過度拉扯傷口併裂，一條觸目的傷口綻開，血流如注，鮮紅的血像是紅花墜地後遍地綻放。我趕緊遮住右手，一腳踩住地上的血跡，他也總算停下來。

看見血，季漠然的臉色略蒼白，深呼吸了好幾下，才克制住自己忍不住由來而生的恐懼，我深怕他會像上次一樣昏倒，還好這段時間的治療生效。

「在這個世界，我都快搞不清楚，我到底是誰了。」

他漆黑的目光凝望著我說，宛若灰燼一般的眼眸將我在一瞬間凍結。

我沒有退縮，抬起眼堅定地回望他。

「我知道，你是季漠然。」

午後豔陽終於穿透雲層，如薄霧般披灑在街上每個行人身上，行人川流如水，而我們站在這片蠻荒長流裡，在現實裡與世隔絕。

「然後，我是何媛瑄，這個世界唯一的何媛瑄。」

這句話落下，他冰冷的表情終於出現裂痕，像是長年冰凍的冰層接觸到了第一道炙熱火光，他的唇角不著痕跡的一動，忽然伸出雙臂，將我攏進懷裡，他的雙肩都垮了下來，彷彿這段時間以來的委屈和壓力再也沉受不住，也裝不下。

我有種下一秒他會像個孩子一樣嚎啕大哭，但他只是把臉埋在我的頸肩裡，止不住地顫抖，不發一語。

他在顧忌什麼？他在害怕什麼？我輕輕地拍了拍他的肩。

他扛了一整片天，看似屹立不搖，但終究只是個普通人，他才不過十八歲，已經被現實磨光了該有的青春活力。

❀

週五放學時間，溫子語和秦琪一左一右像個門神似擋在座位前。

「那個什麼，秦琪妳不是要開會嗎？子語，你最近不去打球了嗎？」我胡亂對兩人指手畫腳。

「我請半小時的假了。」秦琪雙臂環抱在胸前，怒目橫眉。

我摸摸鼻子，「你們怎麼啦？」

「還敢問，就因為我昨天去開會，放學想說有溫子語可以陪妳回家，結果他沒把人看好，整個晚上還連絡不到人。」秦琪越說越激動。

啊，我昨天晚上都在煩惱季漠然和葉新瑜的事，壓根沒注意到除了季漠然以外的來電和訊息通知。

「昨天我幫妳把班會紀錄簿搬去辦公室，一回來妳就不見了。」溫子語冷著臉看著我，似乎對被放鴿子的事耿耿於懷。

我尷尬一笑。

「我昨天就是……突然想到有一齣電視劇要開播了，趕快回家？」

「現在網路就能看了。」秦琪豪不留情地波了我一臉冷水。

「算了，媛瑄妳腳還沒完全好，我不是說過放學我陪妳回去嗎？」溫子語俯視著我，渾身散發著難以忽視的強勢，他一面伸出手拿走我手上的書包。

他的手指纖長溫熱，擦過我的指節，留下淡淡的溫度，我忍不住臉頰發燙。

等我鎮定下起伏不定的心情，抬起眼眸，正好撞見腳底抹油的某人。

「秦琪？妳要去哪？」我一臉懵然地朝著提腳準備開溜的秦琪發問。

不是說請假了嗎？

「我今天屬貓，不吃狗糧，今天的會好像特別重要，先走了！」頭也不回的丟下一句話後，她一陣風似地飛快消失在轉角。

留下我和溫子語兩相瞪眼，氣氛陷入難以言喻的膠著，好在這個時間點的教室還有其他同學，空氣突然安靜了一會後，他率先打破沉默。

「走吧！我幫妳拿書包，這樣妳走路比較輕鬆。」

我舉起手幾度想開口反駁，但最後還是點了點頭，順從跟他走出校園。

心中暗自想著也許能向他打探一些班長的事。

攪著衣服下襬，思忖著如何開口自然的發問時，走在前方的溫子語忽然停下腳步，他凝望著我的眼神波動，彷彿心頭上的千思萬緒在一瞬間凝止淬化為單一想法，就哽在嘴邊，等著他傾吐。

我看了看四周，不知覺我們已經走出學校。

校門口一株白色花樹，隨著陣風，碎花飛舞，宛若事天將花雨，片片將我們的身影揉進這片青澀年華。

放學後的人潮之中，偶爾我從人群中看見了校園情侶的身影。

溫子語安靜地跟在我身邊，配合我的腳傷，也走得很慢，原先幾分鐘的路程，我們花了十分鐘才從教室抵達後門。

以前我曾經幻想過能和他有不一樣的結果，但那個幻想似乎越來越淡了。

「子語，你曾經和班長同班過兩年，對你來說，班長是怎麼樣的人？」

我終於還是把問題問出口，聽見我的問題，溫子語沉默了一會。

在後門一片陰影下，我們停下腳步。

「他其實是一個很低調的人，也挺有禮貌的，直到于舟自殺之前，我都不知道他竟然會做出那種事。」

「梁于舟在你們班上被霸凌的事，你真的不知道嗎？」

「不知道，可是也許隱隱有察覺到吧。」他說。

他和季漠然一樣，最初都不知道霸凌的事。

我盯著校門外倒數的號誌燈，只要牽扯到于舟，我的心都很亂。

腦中閃過一個可怕的想法：班長和葉新瑜之間一定有著什麼關係，不是男女感情間的關係，而是更深一層，類似被害者與脅迫者的關係……我不敢再繼續想下去，難道班長除了于舟以外，連葉新瑜也是他的目標。

方哲熙一定知道什麼，或許所有我們想知道的事，他都是知情者。

「子語，我想到我跟社團學妹還有約，你陪我到這裡就好了。」我從他手上抽回書包。他顯然還有話要說，但見我的堅持後，他轉為嘆息，轉身離開，背影有說不出的落寞。

等溫子語走遠，我當即拿出手機，想都沒想就撥了電話。

「學長，告訴我。」一接通電話，我劈頭說道。

他的語調困惑，「沒頭沒尾的說什麼呢？」

「我想知道全部，新瑜同學和班長的事，還有你們為什麼會吵架？」

電話另一頭安靜了一會，「學妹，妳在哪裡？」

「我在學校外面的便利商店附近。」我看了看四周，竟在人群中也看到了季漠然還有韓樂琳的身影。

「我過去找妳。」

「好——」

「總算找到妳了。」我的話還沒說完，身旁冒出一隻手猛的握住我的手，季漠然的表情很平靜，輕柔的深眸宛如一潭清泉。

我睜大眼睛看著他。

「學妹，怎麼了？」電話另一頭，方哲熙機警的聲音把我從震驚模式中拉回。

我沒想到季漠然會折回來，方哲熙並不知道我和季漠然私底下的互動，要是他現在過來，被發現就不妙了。

「沒事。」我趕緊回應，「學長，你別過來——」

電話被掛斷了。

「怎麼了？有人要過來嗎？」在一旁的季漠然一臉狀況外。

我看著手機，不覺嘆了口氣，方哲熙大概在來的路上，打電話過去一定不會接，於是發了訊息給他，等他到了沒看到我，自然就會想打電話給我，到時候就會看到這則訊息。

「我們先離開這裡。」趁方哲熙過來之前，我拉著季漠然一拐一拐地離開原處。

他雖然不明所以，但還是順從地跟著我走。

如果沒找到我，方哲熙也許會先在附近找看看，所以後門方圓一百公尺內的店家都不安全。

該去哪裡呢？家裡最近在整修廚房，現在回家也不方便。

我在腦中飛快地比對著熟悉的店家，平時要我立刻舉出幾個適合聚餐或是約會的餐廳都沒有問題，一時之間，腦袋白的跟一張新的A4紙一樣。

「要不要去我家？」他輕推我的肩膀，「我剛好有東西要給妳看，跟我回家一趟。」

❀

「你要給我看什麼東西？」

季漠然還站在玄關口，不著邊際地說道：「其實從我來這裡之後，新瑜同學就一有機會就會來問我隨身碟的事，起初，我只當作是妳們班長跟她借隨身碟沒還，於是找了藉口推拖，也沒放在心上。」

我蹭了蹭鼻子，喔了一聲，仍舊不明所以。

「直到二段的時候，我不是去找韓樂琳嗎？那天結束後，葉新瑜突然在出口堵我，她說韓樂琳要拿照片對付妳，她可以先攔住一段時間，現在就是時候了，要我把影片拿出來。」他說得緩慢且精簡，像是刻意省略了某些重要的部分，但又像是他也和我一樣處於資訊不齊全的狀態。

我沒逼他，挑了個安全的問題，「影片？」

「我在書桌上一個小鐵盒裡有找到一個隨身碟，我想應該就是她要的那隻。」他語帶著懊惱，「但那隻隨身碟被人加密，我打不開。」

「能讓我看看那支隨身碟嗎？」

季漠然似乎就在等我說這句話，領著我走進他的房間，他從整齊的桌面上一個小鐵盒裡拿出了一個隨身碟。

班長的房間比我想像的還要明亮，由於過去班長的形象和這陣子聽來的訊息，讓我錯認為班長的房間應該會是長年陰暗，所有擺設單調無趣，沒想到卻是鋪著白色碎花的淺藍色壁紙還有奶油黃色的床單，書桌和衣櫃也掛上了一層米黃色的簾布。

「再怎麼說，雖然我只是過客，要我生活在一個只有黑色白色的房間裡，實在太令人鬱悶了，所以我就偷偷換了壁紙和擺設。」季漠然停在一盞壁燈下，發現我瞠目地環顧著房間，有些不好意思地搔搔頭。

「我沒意見，挺好看的。」我聳肩，把注意力又放回隨身碟上，「班長有沒有留下解密的方法？」

我身邊好像沒有什麼電腦高手，不知道溫子語電腦行不行？

「沒有。」

放下隨身碟後，我轉過頭，季漠然正好拿著一本日記本過來。

我一頭霧水地接過：「這是什麼？」

「班長的日記。」他輕柔地解釋：「我整理書桌的時候找到的。」

我咬著下唇，盯著桌面上的日記本。

聽見他的話，儘管他沒說透，但我明白他的意思，那是本紀錄了班長過去的日記，裡面一定有關於于舟的事。

「鐵盒裡還有一張便條紙。」他又道，然後用食指挑出鐵盒裡一張黃色紙條。

瞪著班長在消失前留在便條紙上的那幾個字：哲熙，隨身碟。深怕自己會忘記似的，那兩個字還用了一個紅筆畫圈了起來。

難道學長知道隨身碟的事？

在不久以前，我未曾想過，扮演另一個人和成為另一個人從來都不是件簡單的事。

缺氧般窒息，但我們都還好好的活著，吃力而勉強的活著。

現在班長又向我們丟來了一個新的謎題。

「如果隨身碟裡真的是失蹤的監視器畫面，你打算怎麼做？」

「得要交出去才行，和日記本一起。」季漠的聲音格外地低啞，放在日記本上的那隻手無意識地畫著圈，「但我們得要先解出密碼。」

我把手放在桌上一疊書上，我望著最上層那本書的書封，輕聲問：「漠然，我們能不能不管這件事嗎？」

「不能啊。」他幾乎是我一問完話就立刻回答：「你知道我發現這裡的我是這樣的人之後，有多憤怒嗎？他怎麼可以這樣對于舟，你知道嗎？我們那邊也有一個于舟，她可還活得好好的，我真怕你們班長跑到那邊，會不會——」

我打斷他，抬起頭，對他伸出手：「把隨身碟給我。」

他睜大眼，順從地拿起隨身碟，沒有立即給我，他帶著困惑和遲疑看著我。

我勉強笑了笑：「讓我來吧。免得你一不小心被拆穿了身分，畢竟我是真的是這裡的人。」

當務之情，只要把確認隨身碟紀錄的是失蹤的影片就好。

到時候，我不會交給新瑜也不會給他，能夠處理這件事的人不是他們。

「那好吧。」季漠然露出了個釋懷的表情，爽快地把隨身碟交給我。

「漠然。」盯著他，我忍不住脫口說道：「你可以不用成為他，在這個世界原本的漠然都沒做到這地步了，你沒必要承擔他的錯誤。」

他微微一怔，嘴角的笑容有些僵硬。

「你只要專心想著怎麼回去就好了。」我握緊手中的隨身碟：「你終究不是他，不是嗎？」

「是啊。」他淺淺一笑，「這一直是我該做的事。」

我不清楚當他是以哪一種心態看著我，他是否仍然把我視為他認知的那個人，可是就像溫子語說的，這不是我該插手的事，他也不該涉身其中。

也或許，我開始意識到，他不能再繼續停留在這裡，無論是因為班長的惡行，還是因為我好像……在不知不覺中喜歡上他了。

❀

周五中午。

我低頭看了看鐵盤上的飯菜，卻食慾全無，我忍不住瞅著對面的方哲熙：「學長，你不覺得從剛剛就一直有人在看我們嗎？」正確來說，是看他。

「你想多了。」方哲熙風輕雲淡地駁斥，他未看我一眼，視線追逐在學餐中的排隊人潮，他在找季漠然。

季漠然因為被老師扣留了一會的時間，等他來學餐的時候，已經開始大排長龍。我下意識伸手挪了挪替他佔位的外套。

我看了看四周，才一轉頭就對上了好幾雙眼珠，好奇的視線中摻雜了幾雙不和善的視線。

方哲熙因為在學生會做事，加上他的外表出眾，在校內人氣不少，聽秦琪說，學校明裡暗地喜歡他的人為數不少。

「你自己看看，真的啦！你看他們！」我趕緊對他招手，有幾名女同學發現我正在看他們，乾脆就坦然地回瞪著我，在一片目光和吵雜聲下，我彷彿要被生吞活剝。

忽然我在空中揮動的手被捉住，我疑惑地轉頭。

方哲熙目光深沉，濃墨般深不可測，「看他們做什麼，妳只要看我就好了。」

換作是其他人早就小鹿亂撞一通，我不賞臉，偏頭反問：「該不會這就是你的目的吧？」

「什麼目的？」他一愣。

「嗯。要讓我知難而退。」

方哲熙笑了笑，「如果是這樣的話，妳現在還在我們班等我。」

也是。

「你為什麼會突然改變心意？」

「只是各取所需。」他始終追逐著的同一個身影的目光已經替他回答了我的疑惑。

聽見他的話，我的胃冷不防一緊。

我吞了吞口水：「我聽說你們還在冷戰。」

「我就看著他，陪在他身邊，看他好，我就好。」方哲熙說，「學妹妳到底是抱持著這麼樣的心態接近漠然，我很好奇。」

「當然是……像關心同學一樣的心情。」

他總算把視線收了回來，冷涼的眼底帶著探究。

「總之，我絕對不會傷害他。」我拍拍胸膛。

本以為方哲熙會和先前一樣繼續開玩笑，但他眼神肅然，「誰知道呢？漠然身邊很多女同學一開始也是這樣。」

也是，班長雖然個性有點冷漠，但他那種長相不可能沒有追求者。

「學妹，我是因為看出漠然對妳似乎有不同的感情，所以才會稍微對妳信任點，妳實話跟我說，妳真的不是想利用他或傷害他？」

「我傷害班長做什麼？」我覺得有點好笑，退一萬步來講，我真的是班長的追求者，最後因為感情受傷的人也是我，怎麼會是他。

「我相信妳。」方哲熙的眼裡盡是不信任。

我也不知道要怎麼樣讓他相信我，除了盡力讓自己的謊言更真實一點外，我想不到別的辦法，反覆咀嚼著話語，最後還是選擇沉默以對。

只是，正因我看見了他們的悲傷，再也無法保持澄澈的目光看向他們。我不確定我能不能幫得上忙，但至少我能理解他們，所以說謊也要試著拉近距離。

我上網查了關於用手機上網查過關於創傷症候群的病症，ＰＴＳＤ：主要症狀為惡夢、性格大變、情感解離、失眠等，此一病例的病患會試圖避免接觸或甚至改變自己來面對導致心理創商的相關事物。

越是深入了解病症，我也越是擔心。

隱藏在他們那張若無其事的笑臉背後，究竟是靠著抑制了多少的悲痛才有辦法做得到。

「隨身碟的事我已經和你們說了，除非你們能找到說服我的理由，不然我不會幫你們解鎖，既然這樣，妳還打算繼續追問嗎？」他的聲音穿透我心口上的不安，將我拉回現實。

找到隨身碟之後，我們已經努力說服了方哲熙好幾個禮拜。

「要，我不能和你說得太清楚，但那支隨身碟的內容本身對班長很重要。」我苦笑。

「可是，那支隨身碟不是我鎖的，隨身碟確實是我送他的，但後來小漠如何使用，我就不清楚了，你該問問小漠，如果他不想給妳看，妳就尊重他。」方哲熙終於說道。

我一愣，心像猛然被一顆石頭砸重：「你怎麼不早說？」

「妳打電話來的時候，我就有說我不知道了。」

他確實是這樣跟我說，但我疑心太重，以為他是故意隱瞞。

「你知道于舟嗎？」基於不安，我試探性拋出問題。

「什麼粥？」他一臉疑惑。

「沒什麼。」

看來班長這人也是夠心機，把自己壞的一面全藏起來。

一陣清風送過學餐半開的大門，吹過我們之間，揚起我的瀏海，我們的傷痛，以及種植在學餐外投不知名的花樹淡淡的香氣。

方哲熙看了眼手機，淡淡地轉了個話題，「我覺得漠然他最近有點怪。」

「怎麼說？」我的心一沉。

畢竟不是同一個人，季漠然再怎麼刻意偽裝還是多少會有點不自然。

我揉了揉眉心，等著方哲熙說話拆了季漠然的台。

「嗯，總覺得他最近變得禮貌多了，看來我上次在醫院跟他說的話，他都有聽進去。」

還以為被他發現了，我一下子沒反應過來，頓了頓，「班長以前很沒禮貌嗎？」

方哲熙表情古怪，把手機推到我面前，「應該說，他現在人性一點了。」

我低頭一看，手機上是他和季漠然的聊天紀錄，很正常的對話內容，我看不出哪裡有問題，偏了偏頭，把手機還給他。

但方哲熙並沒有因此懷疑季漠然的真偽，那目前還不太需要擔心。

「不過我覺得太好了。」我原本已經放鬆下來，他的下一句話讓我心臟差點跳出來，「說不定過不久，季伯父和季伯母回來的時候，他已經能從事故的傷害走出來，他父母一定很高興。」

上天果然很殘忍，終究還是走到要見父母的時候了嗎？

橫豎在我們之間名為世界差距，只要存在一天，我們就沒辦法心安理得地活著。這聽起來很像電影裡互相勾結的黑心商人會說的話，但我和季漠然現在面對的狀況也差不多和非法交易一樣。

「學妹，對不起。」

「嗯？」我是不是恍神漏聽了什麼話？

「這是我欠妳的，不知道以後有沒有機會說。」

上一節的英聽考試已經把我的腦細胞燒成一片焦炭，我不靈光地想了下，突然緊張了起來，「學長，難道你和漠然說了什麼話嗎？」

這下，換方哲熙一臉莫名其妙，「說什麼？」

「沒，沒什麼。」

「他難道有什麼事是不能讓我知道的，但妳卻知道的事嗎？」

方哲熙很有耐心，溫雅的說話方式，具安撫人心的效果，也穿雜著誘導的意味，很像是沿路撒下誘餌的獵戶，而我甘願尋餌上鉤。

我斂下眼，「你想多了。」

方哲熙側頭看我，淺淺一笑，「不管漠然說什麼，我都會相信，但妳不一樣。」

清爽的短髮下他一雙劍眉流露出他慣有的慵懶，我揚起微笑：「我，好吧，我沒有喜歡班長。」

我本能地避開他的視線，我們藏住的祕密太多，這是最輕微的一個祕密。

「我知道。」方哲熙淡道：「我也知道他沒有喜歡妳。」

他的聲音盪漾在風中，彷彿整個世界都沾染上了他的聲息，他的溫度。這份時節成為了只屬於他的晚冬，明明憂傷卻填滿了專屬他的恣意而為。

幾度欲言又止，最後還是把話嚥了下去。

目光流轉，在我好不容易張口時，我瞥見端著餐盤走來的季漠然，方哲熙倏然發問：「為什麼妳總是用那種眼神看著他？」

我沒有回頭：「什麼樣的眼神？」

「就好像明天就不會看到他那樣的眼神。」

我呆了呆，轉頭撞上了一雙犀利而精明的眼眸，我卻無從回答。

方哲熙不必懂，也不需要明白，但方哲熙的話點醒了我，我不能再這樣，繼續放任自己更在意他。

喜歡一個人是怎麼樣的心情，只要心想著對方，上一秒還在因為表現失常而難過，下一秒就因為浮現於心頭的對方而眉開眼笑；喜歡一個人，那樣的心情是反覆無常，不知不覺比起以往貪婪一點，然後，比起自己更在意對方一點。

而我剛剛在看見季漠然的身影時，微微彎起了嘴角，無聲無息卻是顫動了整個心房，但理智與情感沉溺之間，我沒有後路。

❀

季漠然來到了這個世界，將近四個月。

他距離家的路也越來越遠，生活像是繃緊的橡皮圈慢慢趨向疲乏，除了他還是留在這裡，表面上一切都沒有變化，日子在學校、補習班和住家三點一線中前進。

而在這段期間，我莫名其妙地從方哲熙口中收穫了關於班長喜歡的店家、喜歡的顏色、喜歡的東西等各種情報，越是了解班長，我和班長的距離就越遠，然而，與季漠然的差距就越來越短，越來越短，短到好像理所當然的間隔。

葉新瑜纏住季漠然的時間越來越頻繁，但我和他終究是無能為力，說實話，解不開隨身碟，反而讓我鬆了一口氣，就像薛丁格的貓一樣，即便無法保證隨身碟裡面是否真的就是失蹤的監視器畫面，我也沒辦法承擔那個萬一。

只要一想到隨身碟一旦被解開，他可能要面對的事，我的心臟就痛得好像下一秒就會碎裂。

學測將近，方哲熙越來越忙，但他哪怕捨不得挪用的喘口氣時間，全捨得留給季漠然，也許在這個季漠然身上，他得到了以往未曾有的親和感，他甚至像沒有意願去分辨這其中的差別，只是讓在身後活得像是貼身護衛的我看得心驚肉跳。

過了幾天，上學路上，我忽然被人從背後遮住雙眼。

我以為是秦琪提早過過馬路來找我，笑著嚷了道：「秦琪，別鬧了，我今天沒洗臉喔，妳會摸到眼屎的！」

喊了幾聲，身後的人都不為所動，我覺得奇怪，撥開臉上的手，一轉身，然後我愣在原地。

溫子語眉眼沾染著陽光的溫暖，整個人鍍著一層金沙，「早。」

我一愣，「早安。」

還沒能多說什麼，他比比前方號誌燈，「綠燈了。我們過去吧！」他伸手接過我的書包，泰然自若地將手攬上我肩，領著我走上馬路。

周圍不少同校的學生，他的舉動很快就引來許多人的指點和側目。

在抵達對街後，我回神彎腰脫離他的手臂，退後了一大步，茫然地看著他。

「子語，你幹嘛？」

他目光靈動，「怎麼啦？我們不都一直是這樣？」

我揶揄地說：「對啦，但你以前不和我一起上學啊。」

溫子語帶著溫柔的笑意凝視著我，聲音分外柔和：「我想大概是最近和妳走習慣了，也不想改了。」

我驀地有些緊張：「……我還沒習慣。」

「媛瑄妳從以前就是總把目光放得特別遠的人，我只是希望妳有時候，能把時間留給眼前的人。」他眼皮輕顫，整個人忽然輕柔許多。

「什麼意思？」

「咖啡第二杯半價，妳要不要跟我一起喝咖啡？」他轉了轉眼珠，盯著後方的廣告牌問道。

「你剛說的話是什麼意思？」

他沒有回應我的問句，一對輪廓分明的耳朵似乎有些通紅，他飛快地問：「喝拿鐵好不好？」

「我不喜歡喝咖啡，你剛說把時間留給眼前的人是什麼意思？」我追問道。

他像是沒有聽見我的話，抿了抿唇，「那喝奶茶吧？妳等我一下，我去買！」

看著消失在自動門後面的溫子語，我直愣愣地定在原處，還沒消化完剛才發生的事還有溫子語忽然奇怪的態度。同時，我口袋裡的手機響了起來。

低頭一看來電顯示，我立刻接了起來，「漠然？」

電話另一頭，他低聲說：「我有話要跟妳說，妳等等能不能撥出一點時間？」

內心微微一動，季漠然不會沒由來地在學校和我碰面。

「好，等一下在美術教室見。」

「妳先過去，我回教室放東西後，就過去找妳。」

我張開口，半個字都還沒發出來。

眼角餘光中，快速擦過一個黑影，緊接著一聲驚悚的巨響響起，我轉過頭，一輛公車和一台機車對撞，機車騎士被撞擊力道甩到了人行道上，地上滿是機車的零件碎片，汩汩鮮血順著倒臥在地上的機車騎士頭上滲透到地面，染紅半片灰色石磚道。

撞擊的聲響很快引來附近店家和同學們圍觀，沒多久從四周湧上的人將人行道圍成一個圓圈，司機下車查看後，公車上陸續走下乘客，有幾位乘客摀著頭被攙扶走下來，在剛才撞擊下，車上也有人員受傷。

我的手不由地一顫，等我終於發出聲音時，我整個人出奇地冷靜，「你在哪裡？」

電話那頭的還夾雜著他持續移動的聲音，「我在……學校前門最近的那間金石堂附近，妳還好嗎？」

離這裡還有五百公尺。

眼前的圍觀和幫忙的人已經掩蓋住事故的現場，但從人群的縫隙間，隱約可見地上的血跡，空氣間瀰漫著一股難以言喻的緊張和恐懼感。

「你別動！不要過來，站在原地不要動，我去找你！」我抓著手機用力地說道。

說完最後一句話，連掛斷電話的動作都省去，我直接把手機塞進口袋，推開人群直線往他奔去。

拜託！千萬不要過來！

那一剎那，周遭的喧擾都與我無干。

人群中季漠然手上還握著手機，似乎也注意到四周的騷動，平靜一張臉微微皺起，眼看他就要轉向事故的一方。

「漠然，你不要看。」話還沒說完，我伸手扯住他的手腕，將他逆向用力拉離現場，還沒站穩，我先伸出手遮住他的雙眼。

他起初被我突如其來的動作嚇了一跳，聽我的話什麼一動也不動，最後他的呼吸氣息漸漸平穩，我不夠高，必須要踮起腳尖勉強才能遮住他的眼睛一半，我緊張地看著四周，救護車和警車已經抵達現場，校門口的警衛也出來疏散學生。

救護人員在事故車輛旁邊奔走，刺耳的鳴笛聲填補了我們之間的沉默，擔心他會禁不住好奇從我的指縫偷瞄出去，我收回視線趕緊地抬頭確認。

隨著我緩緩抬眸，一雙深邃宛如璀璨星夜般的眸子就這樣撞進我的靈魂深處，就好似他從剛才就未曾移開過目光。

如果世界就此墮落，從此萬劫不復，那我甘願沉淪於此刻。

❀

尼采說：你有你的路。我有我的路。至於適當的路，正確的路和唯一的路，這樣的路並不存在。

從早上開始，我的眼皮直跳，時不時會有突然心慌的感覺，耳邊傳來班導好意要充實全班的英文聽力而播放的英文朗讀錄音，我心煩氣躁地在寫著原文的紙張上畫著圓圈。

「媛瑄，我不太舒服，會晚一點到學校，別忘了昨天我和妳說的那些話。」

早晨的時候，收到了季漠然的訊息，他因為腸胃不適，決定請假一個小時，去醫院看醫生，然後早自修的時候，還有跟我傳一次訊息，再來就失聯了。

下課後，我抽空打電話過去，竟無人接聽。

就算他不去小診所，而是去醫院，扣掉掛號時間、看診時間還有交通時間，這個時間應該也該到校了。

秦琪和我正準備要去食堂吃飯，她走了一段路，發現自己在跟空氣講話，回過頭，才發現我還停在教室門口。

「湯圓妳幹嘛？要當門神也不是這樣當的！」她面露不可思議地走回來。

我只看見她開口，卻沒聽見她說的半個字，對她搖了搖頭後，我做了個打電話的動作，就回頭走進教室。

「那我先去學餐，妳打完電話再過來。」秦琪的聲音像是隔著一層水，模糊又不真實的傳入我的耳裡。

也不知道自己最後有沒有回應秦琪，等我回過神，我已經拿著手機站在教室外面。拜託在醫院工作的媽媽，幫忙查詢早上有沒有季漠然的就診紀錄，媽媽雖然一邊叨唸，聽完我解釋原委後，還是答應幫忙。

等待媽媽傳訊息的時間，我緩步往學生餐廳移動。

剛走出樓梯口，手機震動，媽媽傳來了早上胃腸科和小兒科病人就診名單，飛快掃視名單上的名字，我的心越來越涼。

沒有。

上面沒有。

難道出了什麼事？

忐忑不安地度過中午休息時間，上完下午第一節課後，我決定請假。

還好班導看我臉色不對，沒有刁難，說了句好好休息就准假。

以他的個性，不會不說一聲就無故不出現。難道是因為夢到解鎖方式，解開隨身碟，被內容嚇到了，結果無心上學？但這樣得話，他最起碼會跟我說一聲。

繞了一圈校園和周遭他可能會出現的店家，依舊一無所獲，最後我停在公車亭，又打了一通電話，依舊無人接聽。

手指幾番游移在方哲熙的聯絡人頭像上，最後我還是沒撥出電話，這個節骨眼，還是不要打擾人家。

重新整理一遍最後的訊息話面，也還是未讀狀態。

繼續猜測也沒用，等公車進站後，我當即坐上車，與其在心中不斷預設可能情況，不如直接到他家。

走出電梯後，我站在他家門口，連續按了好幾次門鈴，又怕他因為不確定訪客是不是班長的親戚或是熟人而不敢應門，對著門內喊了幾聲。

然而，不論是手機和是門鈴聲都不管用。回應我的是一片死寂，還有忽然油然而生的可怕。

我不由地打了個冷顫。

甩甩頭，我將手從門鈴上移動到觸控密碼屏幕上，快速精準地敲打著上頭的電子數字。

腦中浮現一個月前的某天晚上，我和他在電話上的對話：

「對了，那天晚上，你和班長表姊怎麼進去屋子裡的？」

「喔因為那時候我們剛好遇到管理員，他告知我那天是是定期換密碼的日子。」

「那你密碼設什麼？這樣改密碼，要是班長突然回來怎麼辦？」

「不會的。」他停頓了一下，才小聲地告訴我答案，說完，他神祕地笑了起來，「這組數字他一定知道。」

密碼是兩個世界交錯的那天。

嗶一聲大門鎖解開，我抓住門把用力推開。

瑩白的燈光從屋內向外灑出，玄關處整齊地擺放著一排鞋子，季漠然才穿的那雙鞋也安然地擺在中間。

他在家嗎？

我踢掉帆布鞋，隨手丟下書包，舉步輕聲踩入客廳。

「漠然？」

屋內一片燈火通明，連廚房的燈都亮著。我探了探頭，加大音量喊了幾聲。走了幾步後，我停下來，側耳聽了一陣，無人回應。

「漠然？你在家嗎？」

許久都沒人回應。難道他真的只是出門，剛好我沒碰到他？

我狐疑地回過身，往回向門口走去，離門口差不多幾步遠的距離，我停了下來，伸手探進口袋裡，我拿出手機，又再次撥通電話。

等待通話的同時，我側臉往屋內又喊了一聲他的名字。

然從進屋後就沒有任何聲響，宛如默片劇場一搬的室內，在我的呼聲落下以後，響起一陣輕柔的音樂聲，聽見那個聲音，我的腦袋嗡了一聲。

那是季漠然的手機鈴聲，為什麼離我這麼近？

我吞了吞口水，小步小步回頭進入屋內，我沒有掛斷電話，繼續讓音樂聲回趟在屋內。循著音樂聲，我最後在沙發旁邊停下腳步。

季漠然的手機安穩地躺在我的腳邊，我站不穩，往後退了一步，後腳踩到了很像綠豆的東西，我抬起腳，猛然發現遍地都是白色的圓形顆粒，還穿雜著幾片玻璃碎片。

我還沒來的這段時間，這裡到底發生了什麼事？

隨著我的視線往沙發後的隔間櫃深入，往下落在大理石地面上。我感覺自己平穩的呼吸開始出現不順暢，最後焦點落定在倒在地面上一動也不動的人身上，我終於放聲尖叫。

「漠然！」

他像個睡著的孩子一樣，柔軟安穩地躺在地上，他伸長的手臂指向前方，好似閉上眼的最後，他想抓住什麼卻沒抓著，他的神情一點痛苦一也沒有，就好像只是睡著一樣。

可是任憑我怎麼大喊都沒有反應。我被眼前的景象嚇壞了，身子一軟，我跪倒在地上，掃了地上的白色物體一眼。在他的手指向的前方，有一瓶破裂的褐色玻璃瓶，裡頭還有將近三分之一和地面上相同的白色藥丸。

可怕的想法接連冒出。

……這些藥丸該不會是安眠藥吧？

我勉強擠出一點力氣，朝他的方向爬過去。

「睡在地上會著涼，你醒醒。」

我跪坐在他的身邊，拍了拍他幾下，抓著他的肩大力晃了幾下。什麼反應都沒有。

難道……顫抖地伸出手探了探他的鼻息，卻幾乎感受不到有氣息流動的感覺。

「為什麼？」我止不住全身發抖，擠盡力氣也要抱住他。

你不可以死掉。

為什麼會這樣？不，季漠然怎麼會自殺？他怎麼可能自殺？我們昨天晚上還有通話，他的聲音聽起來好好的，這沒有道理。

難道在我眼前的人是班長嗎？他們什麼時候換回來的？但為什麼？

他的身軀在我的懷裡軟綿綿的，我努力要撐起他，但一點辦法都沒有。我放聲大哭。在這個偌大的空間裡，清幽的光線將他的臉照亮，卻照不醒他，他很沉，在我懷裡下墜，壓著我胸口疼得喘不過氣。

我摸著他的手，他的手心冰涼，我用力捂住他的手，想幫他暖暖手，但最後連我的手心也跟著退了溫度。

「不，不可以，你不可以死掉。」我不管他是班長還是季漠然，都不可以死！

顫抖的雙手幾乎使不出任何力氣了。我費盡才打開手機，操作手機的那隻手抖得很厲害，試了三次才打開解鎖畫面。

冷靜。我用力咬住嘴唇才不讓自己繼續哭出聲。

點開撥號話面的時候，一通電話正好打進我的手機。心亂如麻，我反射性地接起電話。握住電話的手抖得不像自己的，我用另一隻手按住顫抖的手才終於讓手機對準我的耳朵。

「幫幫我吧，救救他！」

沒等電話那頭的人說話，我竭力對著手機喊道。

拜託你了。

誰來都好，拜託救救他。

第五章
世界沉淪以前

現在想來，那個時候季漠然在另一個世界也是這樣嗎？

心臟倏然疼得好像下一秒就會碎裂，撕心裂肺的疼痛，那時候他就這樣親眼看著另一個何媛瑄被救護車載走，然後一路跟進了醫院。

那天的季漠然該有多傷心，我好像多少能體會他的心情了。

病房外的冷氣很強，彷彿是室內冷凍庫般的溫度，我摩擦著雙手，試圖幫自己找回一點溫度。我試著想像滿手都是鮮血的畫面，越想越覺得呼吸困難。

一罐咖啡出現在我一片空白的視野裡。

我愣著沒接，一會後才緩緩抬起眼，方哲熙面帶著憂慮地凝望著我，一雙眉像是打成死的結，但對上我的視線，他的臉部表情略微放鬆。

我沒有接過他遞來的咖啡，他懸在空中的手僵持了片刻後，他嘆了口氣，彎身坐到我旁邊的位子。

「還好送醫及時，那孩子服用的藥量也沒有太大，只有輕微的中毒現象。」他對著我說，「所以學妹妳別擔心。」拉開咖啡拉環，他直接將咖啡塞到我的手中。

折騰了半天，我累得無法思考，聽見他的話，只是輕輕點了下頭。

還好他沒事。

那些撒在地上的藥丸，果不其然是安眠藥，而且還是現在很難買得到的第一型安眠藥。班長不知道從哪裡弄來的，從瓶子裡的量和地上的數量，幾乎裝滿一整罐都是安眠藥。

但這到底是怎麼一回事？在另一個世界，究竟班長又遇到什麼刺激，所以才會一回來就想不開。

我不敢想像，也沒辦法想像。

「到底為什麼會這樣？」我煩躁地抓著瀏海。

「漠然到底發生什麼事了？」方哲熙也匪夷所思，這一連串的異相實在太為難他纖細的神經了。

但我一點調侃或是繼續擴大謊言的心力都沒有。

這不是誰的錯，世界會突然錯亂，又在誰都沒預料的時候歸正。前一天我們明明還在討論要怎麼解開隨身碟之謎，隔一天班長就回來了。

一切來得太快了，我甚至都還沒好好和他暢談過，因為我始終都害怕，若和他的關係越好，會越難分別。

我們各自深陷在自己的情緒裡，想到病房裡的班長，我就心亂；但想到回到原來世界的漠然，我更心煩。

結果到頭來，我連跟他說再見的機會都沒有。

回到原本的世界，現在他不知道好不好？和家人朋友重聚，一定很開心吧。

過了一段良久的沉默後，方哲熙轉向我問道：「可是學妹，你怎麼會知道漠然家的密碼？是他表姊告訴妳的嗎？」

「不，是他跟我說的。」我誠實稟報。

事到如今，反正也沒有第二個漠然了。也沒必要在替誰隱瞞。

方哲熙表現十分鎮定，但緊握的手背上青筋分明。

「妳和漠然究竟是什麼關係？」

「我和他，什麼關係都沒有。」我努力保持平靜語調。胸口一陣抽痛，這次再沒有區分誰和誰的必要，因為何媛瑄和季漠然再也沒有任何關係。

方哲熙的眼裡盡是不敢置信。

「人都只願意相信自己想看到的東西，哪怕眼前的現實與事實脫節。」說完後，我沉默下來看他。所以你呢？你想看到什麼？又願意相信多少？

我想他明白我的意思。他點了點頭，沒在繼續逼問。

「學妹妳真的很特別，妳是第一個走向他的人。」良久後，他才緩緩說道。

「不，你想多了。」我苦笑搖了搖頭。

我看見所有人的困惑，連同自己的困惑，正因為我也無法回答，所以才要一直尋找下去。可是現在，也沒有理由繼續找下去。

等了許久，班長還是沒有醒來的跡象。

方哲熙又坐了一會後，他站了起來，「我先回他家去拿他的健保卡和一些換洗衣物再過來。」

「我剛把我的書包留在他家，你能不能順便幫我拿一下？」

方哲熙說了聲沒問題，然後轉身往電梯的方向離去。

他走後沒多久，護士小姐和媽媽過來看班長的狀況，我也起身離開座位區，仰頭把手上的咖啡喝完，我拉開病房門跟著走了進去。

走進病房。媽媽和護士小姐站在病床旁邊檢查儀器和藥劑，我悄聲靠了上去。

「媽，班長的狀況如何？」我抓著媽媽的衣角。

「剛才他血壓有點低，注射甲腎上腺素後，現在已經恢復正常值，別太擔心。」媽媽摸了摸我的頭。

護士小姐記錄完病人狀況後，也走了過來和媽媽報告。

聽過報告後，媽媽的表情放鬆許多，「聽起來應該是沒什麼生命危險了。」

「那他為什麼沒醒來？」

病床上的班長蒼白著一張臉，臉上情緒好像永遠都會凝固在同一點，不管我進來幾次，他都沒有任何反應。

「再等會吧。雖然身體上沒有問題，但心理上的傷害不會那麼快復原。」媽媽的聲音帶著疲憊，這樣的病人她看得多，習慣了，但每次都還是不忍。

正當我回頭想再問媽媽幾句話時，護士小姐忽然驚呼一聲。

「病患醒來了！」

我趕緊轉過去，病床上的人先是眼皮輕顫了幾下，然後緩緩睜開，因為不適應突如其來的光亮，眨了眨眼後，才終於對焦。

不由地猛力吸了口氣。

「班長你這個混蛋！」不管身旁護士還沒離開，我衝上去用力抓住他的衣領，他被我的動作嚇了一跳，懵然地看著我。

護士小姐也是一顫，抱著診療本的手顫抖了一下。

「瑄瑄，我和護士先走了，等會醫生會過來。你們班長身心狀況還很不穩定，妳要罵他的話，罵輕一點。」媽媽在我背後嘆息，隨即腳步聲響起，等她和護士小姐雙雙離開病房後，我才重新面對班長。

「為什麼要這麼做？」一開口，我就開始哽噎。

班長的眼中還殘留著一絲不清醒，凝望著我的雙眸有幾分不解。

所有情緒在瞬間湧上，夾雜著幾分惱怒和不理解，「怎麼可以這麼輕易就放棄？你不要的人生……那傢伙幫你好好的活下去了，所以……所以說，你給我活下去。」班長的人生那麼難，那麼多痛苦，漠然他好不容易慢慢找回秩序。

怎麼可以一回來就輕易放棄自己的人生？

「你不在的這段時間裡面，漠然他有多辛苦，你都不知道。你天資聰穎，每學期都是班上的第一名，這兩次段考，他為了要維持你的成績，考前可是連一刻鐘都沒有懈怠；還有于舟到底他媽什麼回事！」我深深吸口氣，被滑落口中的眼淚嗆了好大一口，「你糟糕透頂的人生，他都撐過來了，你憑什麼要放棄。」說到最後，我抓著他的衣領放聲大哭。

他真的很努力，我都知道，只是我太倔強，我一直想跟他說聲你辛苦了，也很想跟他道歉，說抱歉之前總是幫倒忙，我現在真的很想。

還有話想問他想跟他說，還有很多勇敢來不及勇敢。我和他甚至都還沒有足夠的曾經，就成為了往事。

我慢慢鬆開手，胸口忽然痛到直不起身，我彎著腰，吸了吸鼻子，「但是太好了，你活下來了。」

模糊的視野裡，我雙手無力地垂落在被單上，眼淚一滴，接著另一滴沾濕床單，頃刻淚如雨下。

班長的動作很僵硬，不知道是因為剛清醒還是因為我說的話。

我看不見他的表情，但還是可以感覺得出，他很安靜地看著我，任著我自顧地哭泣，他的呼吸很淺，混雜著意義不明的目光，攪動著我心緒慢慢緩下來。

「對不起。」我情緒失控了，說了這麼多，班長大概覺得莫名其妙吧。

努力定了定情緒，小聲地又說了聲抱歉，我背過身想離開現場。

下一瞬，一隻手突地抓住我的手腕，猛烈地往後拉去，來不及回神，我整個人已經被攬進他的擁抱裡。

我睜大雙眼，記憶重疊，三個半月前講台上那個打破我生活平靜的擁抱，和現在的擁抱。

「傻瓜。」

溫雅的嗓音輕輕擦過我的耳邊，飄渺如煙雨在空氣中化開，「妳現在還是會把我和你們班長搞混。」

聽見他的話，好不容易停下的眼淚又開始流個不停，我放聲大哭，最後連聲音都發不出來，只是一昧流淚。

他沒再說過多的話，就只是輕輕地拍著我的背。

如果世界能對調回來，對他或是班長而言都是好事，但此刻，我竟卑鄙的因為看見的還是他而慶幸。

「我們，到底為什麼會相遇？」我從他的懷抱裡脫離，直直地望向他。

他握住我的手，誠實地說道：「我不知道。」

我也是，我垂下眼，這段時間，我都在想這個問題，可是不管我怎麼想都想不出個答案。

我們都是世界上每個不完整碎片裡的一個剛好，然後這個兩個剛好突然就接在一塊，因為剛好是他，剛好是我，也就沒有任何解釋的餘地。

上天也許只是一時興起，但我始終只是個普通人。

「可是媛瑄，這世界上有很多事是沒辦法解釋，也沒必要解釋，也許我遇見妳，妳遇見我，這就只是命運。」他接著說，語氣平緩溫和。

「命運嗎？」我喃喃地重複他的字尾。

如果神說這是命運，那我和他的相遇就不是偶然。如果是這樣的話，一定是因為什麼，而那個什麼，我們現在都還不知道，才因此受困於現在。

「所以，不要問為什麼，要問妳心裡真正希望的是什麼，這才是重點。」他抓起我的手壓在我的左胸口。

他的問題並沒有任何深度，但一時之間我回答不出來，只是簡單點了點頭。

「別哭了，沒事了。」

他抬起一隻手抹了抹我臉頰上的淚痕，瞄了眼我的後方，兩人都安靜下來後，完全沉默讓任何動靜都顯得更加容易察覺。

我也聽見外頭漸漸靠近的腳步聲，我想起剛才媽媽說晚點會有醫生過來的話，於是擦了擦臉，自動退到一旁。

時機點接得很剛好，病房門唰地一聲開啟。

「漠然！」方哲熙的聲音。

在他身後跟著住院醫生和媽媽，他提著一個手提行李和我的書包朝病床的方向走來。

他看見人醒了，也是露出鬆了一口氣的表情，臉上悲喜交雜。

我看著方哲熙不顧禮節直接緊緊抱住季漠然，蒼白的表情彷彿下一秒就會嚎啕大哭，但他只是把頭埋進了季漠然的頸肩，什麼話都沒說，病房霎時陷入安靜，在場的所有人有默契似地都把呼吸放清，彷彿再看著一幕莊重肅穆的紀錄片，而不是愛情文藝片。

畫面與記憶重疊，我想起了季漠然在課堂上的那個突兀的擁抱。

方哲熙大概真的很喜歡班長，季漠然大概也真的很喜歡何媛瑄。情到深處，逼近生死關頭，翻湧心頭漫天蓋的情感出口之際卻化作一個無聲的擁抱。

生死契闊，與子成說。耳畔不自覺就浮現了國文課本上的這句話。

忽然彷彿有道雷粹不及防在我腦中炸開，把我整個人從渾渾噩噩之中炸得一瞬清醒。

方哲熙是真的認不出眼前的人是另一個季漠然嗎？在生死面前，真的有可能分辨不出心頭上最珍惜的那個人嗎？

連與班長形同陌生人的我，都能在近距離相處後察覺細微的差異，更何況是曾與班長朝夕相處過的他。

醫生看過季漠然的狀況後，表示已經沒什麼大礙，不需要太擔心。

方哲熙謹慎地問了幾句，病床上的季漠然看上去很明顯一臉慘白，好像跑完全馬後又接著上高山下深海，體力透支，身體無法負荷。

「病人還需要再多住院觀察幾天，明天會有精神科醫生過來看病人狀況。」又叮囑了幾句話後，醫生便轉身離開到其他病房查房。

醫生走後，病房裡只剩下媽媽和我們三個人。氣氛一下子凝結，我們互看著對方，眼中都帶著話，但都哽在嘴裡還琢磨著不敢開口。

我想媽媽的問題應該是關於病人，大概涉及比較隱私的方面，因此不好當我們的面提問，方哲熙的問題不用想也知道，因為他的問題和我是一樣，只是心中想發問的對象不一樣。

方哲熙想知道的是心理狀況早已穩定下來的班長為什麼會突然爆發，而我想知道的是，究竟是什麼事竟然會讓季漠然自殺未遂。

我和他互看了一眼，誰都還沒拿定主意要先開口。

媽媽率先發言：「瑄瑄，妳先回家吧。這一夜，妳都沒有休息，我會照應妳同學，瑄瑄的學長也是，回家睡一覺，休息過後再來吧。」

「回去吧。」方哲熙走向前，低下視線看著我。

媽媽跟著催促了幾聲，我略有不甘地看了季漠然一眼，後者對我微微點了下頭，然後做了個打電話的動作，意思我們剩下的話在電話上再繼續說，我這才同意和方哲熙先行離開。

拖著蹣跚的步伐，隨著方哲熙走出醫院外，我這才發現天空已經暗下，看這時間，學校的課已經結束。對比現在的寧靜，彷彿一瞬之前的驚魂，已經成為了更遠的過去式。

「學妹妳回家後好好休息，我晚上要過來的時候，再過去載妳。」我和方哲熙一前一後往停車場的方向移動，他回頭對我說。

「麻煩你了。」我淡淡地吐出一句。

自從意識到了那個問題後，我對眼前的方哲熙打從心底起了層疙瘩。

他體諒我的心情還未完全平復，沒有特意和我交談，說了幾句話安慰我後，我們又陷入沉默。

我有些失神，彷彿魂魄還遺留在病房，連到了停車場都沒自覺。

直到方哲熙的臉倏然放大，近在我眼前。

「學妹，你沒事吧？」

「沒，沒事。」我大驚，連著倒退好幾步。

方哲熙遞給我一頂安全帽，繼續他未完成的句子，語氣裡有責備也有痛苦，「我後來仔細看了那罐藥，發現漠然把安眠藥放在胃藥的罐子裡，所以我和他表姊之前才沒有特別注意到。」

「你說什麼？」我驚駭，丟下安全帽，一著急直接扯住他的衣領。

他以為我在怪他，譏笑道：「難道是因為我這陣子給他壓力，才讓他這麼想不開了嗎？可是我真不懂，以前我們吵架，很快就會和好。是我錯了嗎？」

「不對，不對，我問的是上一句。」我猛搖頭。

「妳說那孩子把安眠藥藏在胃藥罐子裡這句嗎？怎麼了？」剩下他說的話我一個字也聽不進去。

只原來這就是事實真相，我想起早上，他跟我說腸胃不舒服，我沒特別上心，就說了句要是沒辦法忍到診所開門，也可以找找班長家裡的藥罐。

所以他才會跑去吃藥。

錯綜複雜的情緒瞬間湧上，狠狠將我勒斃。

我咬住口內，想著又哭了起來。方哲熙看見我哭了，有些不知所措，放下安全帽，從口袋掏出紙巾給我。

往後，他還會因為班長而受到多少傷害。

❀

儘管並非季漠然的本意，因為安眠藥一事，他的生活又再度因為班長而失序。資優生不但成績退步，竟然還無故缺席。這件事讓班長的形象受到了很大的損害，真不知道若有一天，班長真的回來，該怎麼面對這些事。

雖然我們和院方達成共識，將季漠然服安眠藥的事情壓了下來，對校方的說法也是以突然生病忘記請假。但返校後的一個禮拜，季漠然被老師叫去約談了好幾次，每次看他從辦公室裡走出來，臉色都不太好。

這個世界，他走一步，就錯一步。

時光輕擾，我們橫跨兩個世界的祕密無法掛上非誠勿擾的牌子而輕易與整個世界對抗。他待在這裡的時間越久，他就越危險。

我的心結，他的心緒，還是持續坦蕩蕩地行進，在這片始終望不到盡頭的青春下。

因為有話想問清楚，我留在學校等到方哲熙晚自習結束，他走出教室看見等在外頭的我，臉上閃過一剎驚訝，待我表明來意之後，他便點頭答應跟我走。

深夜的麥當勞，二樓的座位區空蕩蕩，只有我和他這麼一組客人。

傳了訊息給家人後，我抬起頭，方哲熙還沒吃晚餐，對著一桌的餐點，他卻一口都沒動，枕在桌面上的手無意識地捏折著漢堡的包裝紙，迎上我的視線，他眼裡無懼，似帶著一絲的興致。

「你早就知道了？」我開門見山問道。

「知道什麼？」他有意無意地笑了笑，眸光陰沉，我忍不住縮了一下。

循跡誘捕，或者不傷害處地讓人心畏，一向不是我的風格，我習慣了直來直往，現實走不通就換條路走，但方哲熙顯然是高手。

「總歸是比你多看了這世界一年，我知道的比妳多，妳有心想問，我當然不會隱瞞，但學妹妳沒頭沒尾的發問，我聽不懂？」他裝糊塗的意味濃厚。

他的臉離我很近，我們坐在靠窗的位置，城市的光影灑落在他細長的睫毛上，彷彿他就是一望無止盡的黑夜中始終不滅的那抹星輝，迷離又遙遠。

「你早就知道現在的季漠然不是你認識的那個人了？」

方哲熙露出了個似笑非笑的表情，他的眼裡那片星空，此刻卻覆蓋在黑暗之下。

這種時候，不說話就是默認的意思，也許要他親口承認還是件困難的事。

我垂下眼，視線落在掌上，脈絡清楚的掌紋纏繞複雜，竟也比不上此刻的複雜情緒，頓了半晌，我萬般艱難地擠出一句話：「從什麼時候？」

「暈血那次。」

果然。

我直到季漠然誤食安眠藥那天，才恍然發現，我說不出為什麼，那也許就是一種直覺。

老一輩的人總說：「人之將死，其言也善。」

一個你深愛的人在生死邊緣之際，那剎那之間，情緣種種全蛻作一曙微弱卻炙熱的冀望，那種希冀，譬如曇花，譬如朝陽，禁不起波折，卻比起任何情感還來得爐火純青的精練，正如發現暈死過去的季漠然那當下，我其實知道眼前的人不是班長，只是我害怕承認。

紙透不住火的這日，我終究向他娓娓道來關於平行時空的事，他似乎也早有察覺，一面安靜的聽著，一面搖頭又點頭，他僅以肢體語言回應，就好像若是開口就等於接受了這荒唐。

「妳不怕嗎？」他忽然問。

「怕什麼？」

「妳難道不怕，萬一你發現了班長的祕密，他回來了，該怎麼面對你。」

「怕啊，可是又能怎麼辦？又沒人能幫忙。所以你為什麼不說？最起碼，讓我們知道你已經知道季漠然不是原來你認識的那個人。」我沉下臉，冷靜下來之後，愧疚退散成了氣惱，「你大概是這個世界最了解班長的人，看著我們兩個拙劣的想騙過所有人，你卻置身事外，我們很搞笑吧？」

店內燈火通明，店外有燦亮的街燈，我們置身在最明亮的中心，卻彷彿全世界的燦爛都與我們無關。

「我沒那個意思。」他終於開口，不慍不火的語氣，眼底裡凝結著一層霧氣，「我只是就算找到破綻了，也沒辦法戳破，我知道不是他，但他們有同樣的面孔，語氣和習慣又是那麼相似，我只是……我從沒把他當作我的漠然看待，但我希望他能好好的，若是他想要我被蒙在鼓裡，那我就不會逼他。」

乍然湧現的怒意又消散，我不忍苛責他。

在這個世界，我們都是受害者。他是真的喜歡班長，因此連同有一副相同長相的季漠然也珍惜，對待前者像是戀人，後者則是憐惜。

「別擔心，總有一天，班長會回來的。」我不知道該說什麼安慰他，有些詞窮，想了想又補上一句，「說不定很快。」

「對，我知道，所以我在等，這也是我沒必要戳破的理由。」他忽然露出苦笑，「倒是學妹，別說我沒提醒，妳剛說漠然在原來的世界失去了另一個何媛瑄，就像我不會錯認小漠一樣，季漠然也不可能會把妳當成替代品。妳懂我的意思嗎？」

「不……懂。」我被他湛亮的眼眸驚住，語塞半拍，「你想說什麼？」

「季漠然他喜歡妳，妳不會看不出來吧？」

換我愣住了。

「我不知道他對另一個學妹的看法，但他顯然已經開始在意妳，而且我覺得……」他技術性停頓一下，饒富深意地睨了我一眼，「妳也一樣。」

我愣神的時間，他放在桌上的手機響了起來，他瞥了眼來電顯示後，立即接起電話，收起手機，他回望著我的某瞬間，眼裡似乎有一蹴火花閃過，欲言又止。

「發生什麼事了？」我定了定心神。

「其實，今天季伯父和伯母回來台灣。」

「你是故意的？」我駭然不已，季漠然什麼事都會跟我說，這件事我不知情，代表他也不知道。

「我不是說了嗎？我不傻，我也會有自己的驗證方法，不過……」

不等方哲熙解釋完，我抓起身旁的書包，起身飛快地跑出店外，我情願丟下他，至此什麼都不顧不管。

我們何其幸運都還好好地活在這個世界，因此，他沒有理由不幸，沒理由承受那些不必要的為難。

一整路都在跑，匆忙地擠上公車，在離班長家最近的公車站牌下車後，我緊抓著書包，跳下公車，朝著公寓的方向跑去，晚風有些潮濕，夾帶著夜露貼在我的頸後，散亂的長髮在風中撲打著雙頰。

最後我停在公寓大門外，彷彿剛經歷過一場雨，濕透的長髮披肩。我從口袋拿出髮帶，隨意抓了條馬尾，順了順髮絲，我緊接著拿出手機。

飛快從聯絡人中比對出他的名字，我撥打電話想詢問他的所在地。咬了咬唇，我來回在人行道上踱步，迎面一輛公車正起步，緩緩從我面前開過。

耳邊的通話聲轉入語音信箱倏然我抬起眼，我對上公車一排明亮的車窗，季漠然單手托著下巴靠在窗邊。

晚風揚起，夜色剎那靜寂，他驀然看向窗外，我和他的視線在空中交會。我只看見他睜大雙眼，隨即站起身，接著公車加速往前開走。

晚了一步嗎？我扶著膝蓋，心頭上湧上強烈的挫敗感。

我咬了咬唇，等氣息平穩後，我站直身子往公車站的方向前進。

走有沒幾步，我抬起眼，夜色中迎面走來一個人。我眨了眨眼，看清眼前的人後，定在原地。

季漠然看起來像是一路跑了過來，呼吸紊亂，面頰潮紅，調整氣息後，他問道：「妳怎麼回來了？」他的嗓音溫柔，輕柔拂過我的心房。

「還不是怕你會應付不來，我剛才聽哲熙學長說班長的父母回來。」我緩道。

「妳擔心我？」聽見我的話，他不由一愣。

「就只是你的演技我不太放心。」

「沒事。」他溫柔地道，「我下午才接到電話，不過好像班機出問題，他們改期，等到農曆年才回來。」

剛才方哲熙未完成的話應該就是要跟我說這個。

他停留在這個世界的時間越久，必須要承受的東西就越多。

同時，他停在我心上的時間也越長，我也搞不清楚這是好事還是壞事，至少現在，我沒辦法再泰然地說出「倘若明天睜開眼後，世界就歸正」這樣的話。

「不過，這麼晚了你要去哪？我看那公車的方向是往學校，該不會是來找我的吧？」我半開玩笑說道。

他若有似無地勾起唇角，最後無聲無息半彎起眼角。

寒風刺骨，我不覺得冷，因為一顆心已經麻木了。季漠然把口袋裡的雙手伸出來，貼在我的臉頰上，他的手掌炙熱，漸漸將我從凍骨般的不安中解除。

胸口傳來很劇烈的心臟跳動聲，他的臉龐在夜色中帶著一絲朦朧。我向後退了一步，在更多尚未明朗的情緒凝聚起來之前，阻止他繼續說話去。

「要不要一起走走？」我提議。

「好呀。」他爽快地點頭。

一前一後，我和他漫步在社區小道，任著溫柔夜色披灑在我們之間。

走了一段路後，他慢下腳步，低頭凝視著我，用閒聊一般的語氣說：「你們班長想死。」

我不明白他為什麼突然提到這個，不知該做出什麼回應。

「如果對這個世界已經沒有任何留戀，那所有的事都可以將就。」季漠然清澈的眼眸裡倒影著我小小的身影，他好像在看我，又好像透過我在看她，「于舟自殺後隔天的日記上，你們班長寫的。他從沒想過要逼死于舟。」

「那是後話，新瑜說帶頭要霸凌于舟的人是他。」我悶聲。

「我真的很討厭很討厭霸凌。看到一個和我一樣的人竟然是加害者，我真的很生氣。」季漠然苦笑，話音一轉：「媛瑄，我很迷茫。」

我睜大眼睛看著他，最後我們停了下來，止好站在街燈下，暖橘色的燈光下，我們的影子特別長。

「媛瑄，安眠藥的事之後，我想了很多。」他輕柔地為我整理因風吹亂的髮絲，「以前我太執著在游泳上，我才沒注意到她一直都無聲地在求救，甚至讓我錯過見瑄瑄最後一面，我既然活在這一刻，也許就該學會如何以這個新身分活下去。」

我一言不發地盯著他。

「我們一起面對吧，我找了一個電腦很厲害的人，對方說這禮拜可以拿去給他解密。」

「于舟的事沒有人追究了不是嗎？」

「如果我註定要在這裡長留，而這就是代價，我該要有勇氣承擔。」季漠然低低笑了起來，這段話像是在他心裡醞釀很久，最後說出口後，他明顯鬆了口氣。

他並沒有說錯，這麼長的時間，如果他能回去，早該回去了。

我咬了咬唇，欲言又止。

不是他的錯，為什麼要讓他承擔？

「我很想回去替她復仇，可是我現在也不太確定該怎麼做，我很怕，萬一我回不去了呢？」

「你別想太多，有辦法回去的。」我免強撐起微笑。

「媛瑄，我們不能再這樣下去了。」他朝我靠進一步，迎面的微風中帶著他的溫熱的氣息，他抿著唇，聲音沉穩悅耳：「我不想再沉溺在過去，我們重新開始好不好？不要把我當成班長看，我就是我，沒有于舟的事，沒有兩個世界的事，只要相信總有一天我們都會有新的身分，我不會永遠都是一年七班的班長，妳也不會是突然很有正義感的何媛瑄，妳就試著一次看看，好嗎？」

我們重新開始，好嗎？

不帶任何顧慮和擔心，我聽見自己的心跳越來越劇烈。

但我該拿什麼賭這個沒有正確答案的未來？

❀

翌日早晨。

上學時段的後門口，像是開放入場後的戲院，看著一批一批的學生陸續經過，洋溢著青春的喧鬧聲在耳邊飛揚，我搓搓手，在原地四處張望。

漸漸地經過我面前的學生量越來越少，氣溫隨著時間攀高，眼看就要到了打掃時間，但絲毫不見季漠然的影子。

不會吧？又出事了嗎？

有了前車之鑑，久久沒等到人，我心頭開始泛起不安，從口袋掏出手機，才剛解開螢幕鎖。

一隻白晰的手臂驀然出現在我的眼前，不偏不倚握住我的手機。

我抬起眼，緩緩張開口，卻一個音都發不出來。

「妳說的東西帶來了嗎？」方哲熙劈頭就問。

我點了點頭，下意識地就伸手摸鎖骨下方那塊溫潤的玉石。

把話說開之後，我們另外找了時間和方哲熙更深入的釐清現況，談話間，我無心地提到了在宮廟買的那條項鍊還有季漠然身上那條項鍊的事，方哲熙聽到後，便央求我們帶來給他看。

他掃了一眼我掛在脖子上的項鍊，淡淡問道：「漠然呢？」

「好像睡過頭了。」我敲了敲手機螢幕，一秒前，當事者傳了個睡眼惺忪的表情包。

「那正好，我還有話要問妳。」對方垂下眼眸，直直望入我的眼中。

我垂頭喪氣，「問吧。」

「我昨天想了一整個晚上，雖然我多少能理解你們的顧慮和想法，但有一件事，我想不明白？」

「哪件事？」我問。

「妳究竟是抱持著什麼樣的心情在打探班長？」

打探？

「我只是……」想幫忙季漠然克服這個世界。

然而，對上方哲熙拋來的視線，我忽然沒辦法那麼理直氣壯。當我和季漠然做出選擇的同時，就傷害了班長。

立場對調，如果有一個不熟悉的人，突然出現瘋狂著追問著所有關於秦琪的資訊，我該保護秦琪，還是全盤托出。

不用深入思考，我也不會輕易把朋友的一切透露出去。

「妳有替班長著想過嗎？」

我不是沒有替班長著想，只是我強迫自己不要多想。

「我說過吧，那孩子的內心傷痕累累。為什麼要再讓他受到這個傷害？」方哲熙露出苦笑。

方哲熙是真心地替班長著想，對他來說，仿冒品和真品已經不是他考量的問題，方哲熙對季漠然的關心建立在班長的基礎上，所以當「他不是原來的他」這層假面剝離時，意味著他過去付出的努力都付之一炬。

現在他只想知道原來的季漠然是否安好，恨不得自己有能力能把原來的季漠然找回來。

我們好像站在一個天平上，各自肩負著各自的希望，因為看出去的方向不同而產生誤差，但其實我們都還保持在同樣的水平上，同樣的自私，同樣的罪惡，而構築出了各自的理所當然。

方哲熙輕笑了起來，笑聲中卻無半點笑意，「妳能保證，在知道這麼多關於漠然的事，等漠然回來的時候，妳還能以同樣的眼光看他嗎？」

我垂下眼，沒辦法看他。

不論他是同性戀的身分，光是于舟的事，恐怕我一輩子都會記得他曾經害死過人這件事。

「那好，就算妳可以。我就問妳一件事，妳喜歡的是本來的漠然還是現在的漠然？」他的聲音聽起來依舊溫和親切，眼神卻比刀還銳利。

「我沒有喜歡班長。」

「既然妳喜歡的是現在的漠然，那妳為什麼還要追究原來的漠然的事？」

我不吭聲，因為我回答不出來。

「一開始答應你們的請求，我也有不對。」方哲熙見我沉默，重重地嘆了口氣，「在漠然回來之前，不要再試圖打探關於他的事。」

這個世界經不起傷，哪怕現在我們都已經傷痕累累。

「也有可能不會回來了。」

我越來越不希望世界歸正，內心竟然有一絲期望，期望著繼續維持現況也沒有關係。

「但也有可能換回來。」方哲熙糾正道，「還有，為了妳好，我希望妳從現在開始不要再和現在的季漠然有任何的牽扯。」

我再度沉默不語。

「學妹，就像我不希望漠然受到傷害，我也不希望妳受到傷害。」方哲熙抓著我的肩膀搖晃，「妳要保持清醒，也許不是現在，但總有一天他還是會離開。」

不要再說了，我怎麼可能會不知道，可是我不能知道。

我後退一小步，抬頭望進他的眼眸：「已經來不及了。」

「嫒瑄，哲熙學長。」季漠然的聲音像一陣清風出現。

我和方哲熙同時回過頭，他出現在對街，對面一株大榕樹的樹蔭替他遮去明媚藍天，卻也替他加上滿肩的陰暗。

四周都好像與我們無關，大片的金光灑落在身上，我卻感覺不到陽光的溫暖。無關於世界，只要他還在，我還在，這樣的話，其他的事都無所謂。

方哲熙一如既往溫柔而堅定地走向他，這一次，我搶先一步越過他，跑向迎面而來的季漠然。

他看見我跑去，臉上露出了驚訝。

突然，很長一聲的撞擊聲夾雜尖叫聲。

大貨車煞車不及從上方的斜坡路段，高速直接衝向我們的方向。

身後傳來方哲熙驚慌的大吼聲。

我匆匆撇向季漠然，只見他眼簾低垂，濃墨般雙眸中潰堤而出的情感織結成了一張網鋪天蓋地朝我而來，末了，他快速伸手，將我攬入懷中。

然後是煞不住的刺耳剎車聲，急促狠戾直撞向在場所有人靈魂深處，黑暗彷彿提前降臨於世界。

❀

車禍過後個月。

「湯圓！妳等等我！」洋溢活力的聲音和輕暖笑聲縈繞耳邊。

我忽而起來玩心，不由自主加快腳步，直到身後笑鬧聲使成哀號，緩然停在轉角，蹙起眉，故作嚴肅，「妳說我一個傷患腳步比妳一個好手好腳的人還快，這能看嗎？」

「不能看，不能看。」秦琪趁著我停下的空檔，追了上來，並用手摀住眼，「妳說妳不會是裝的吧？怎麼這麼剛好，妳忘記帶理化作業的時候，腳就會突然痛？」

我露出了個身殘志堅的笑臉，「我這只是好好利用傷患的權利！妳沒看我們李老師面惡心善，聽見我腳傷復發，緊張地都準備要叫救護車了，妳多跟老師學一點什麼是同理心吧！」

「誰要跟那個老頭學。」秦琪嫌棄地皺起臉，像是突然想起我真的是個傷者，伸手扶了我一把，「不過一個月前，你們真的快要嚇死大家了。」

「可不是嗎？」我風輕雲淡扯了扯嘴角，卻是心跳如雷。

慶幸當時，大貨車煞車失靈，司機及時把車頭的方向轉向，才沒有正面撞到我們這裡，方哲熙離的比較遠，反應很快就先往旁邊跳，只有手肘輕微擦傷，我及時被季漠然拉開一段距離，但還是受了比較重的傷。

也許是著地的角度不對，我絕大多數的傷都在關節和腳上，而季漠然，奇蹟似的幾乎毫髮無傷，除了手臂上被碎裂的碎片切了一道傷口。

頭幾個禮拜，我只能像個植物人躺在病床上，連翻身都有困難。足足在醫院躺了一個月，我才能下床走動，直接錯過了聖誕節和校慶，回到學校就準備迎接第三次段考。

還好這次的車禍震驚了整個校園，老師對我的狀況都十分體諒，體恤的表示缺考的考試不用補考，直接專心準備期末考就好。這福利簡直讓秦琪羨慕到想隨便找條馬路衝撞一下。

身為健康人士，還有滿頭的考試壓力，把我安然丟到保健室後，她留了句下課再來接我後，就火速離開。

等秦琪的聲音遠去，保健室安靜的只剩下護士阿姨清聲點算醫療器材的聲音，我靠著鬆軟的枕頭緩緩從床上坐了起來，臉上的笑容立刻跨了下來，這次車禍到現在……季漠然一次都沒有來看我。

回到學校之後，他那疏離生份的眼神讓我難受。

自從車禍之後，他整個人都不對。待在醫院的那段日子，我拚命自我說服，他是因為愧疚才會突然開始有意無意地拉開距離。

愧疚。

這兩個字每次見到方哲熙就像是已深刻入骨銘刻在他臉上，那天我和他本來約好要拿項鍊給方哲熙看，沒想到就發生了車禍。

那場車禍到底只是一場意外，還是因為兩顆玉石相合引起的科學無法解釋的事故重疊？

落在胸口的玉石像是回應我的心聲，貼著肌膚遞來一陣冷涼。季漠然大概是覺得不吉利，車禍之後就沒看見他配戴這條項鍊。

某天，我好不容易抓到機會，問他項鍊的下落，他先是露出茫然，看見我比了比自己心尖上的鍊子後，才露出恍然大悟，面色平淡地說了句早弄丟了，也許留著它真的不吉利吧，但我就捨不得。

忽然，嚴實遮蔽的簾子被人拉開，我猛地一驚。

護士阿姨的臉從簾子後面嘆了出來，聲音和藹親切，「女同學，你們班上有人找妳。」

上一刻的驚魂未定，我又吃了一驚。

季漠然從護士阿姨身後緩緩走了出來，時間彷彿定格，直到狹小空間只剩下我和他兩個人，我才回過神。

我提起精神，輕快地問：「你怎麼過來了？」

「理化老師不放心，讓我過來看看，妳若真的不舒服，就別逞強去醫院一趟。」

我搖了搖頭，「我沒事，躺個一節課就好。」

「好，那現在我跟妳說的話，妳一定要聽好。」他神色一凜。

我忍不住坐正，也跟著認真地看著他。

「在這個世界只有一個季漠然，牽扯到其他人或是原來的秩序，就只能是一個季漠然，我不希望妳陷太深，所以不要再插手管我的事了。」

這段話聽來耳熟，方哲熙也和我說過這樣類似的話。

但是一個月前，他不是這樣和我說的。

我侷促地看著他：「是于舟的關係嗎？你解開隨身碟了嗎？」

住院期間，我早就把隨身碟交給他，然而之後再沒下文。

難道影片裏面還有更可怕的事，可怕到他必須要自己承擔，而不能讓我知道？

季漠然像是沒有聽見我的問題，沉聲道：「妳先放開我吧。」

「我不希望我們分開的那天，你繼續誤會下去，然後因為這個誤會受到傷害。」他的表情溫和，一字一句卻狠狠宛如刀割。

「誤會？」

「妳好像誤會了，誤會我喜歡妳。」

我感覺全身好像有萬子蟲子噬骨般直鑽進我的胸口，腦袋一片空白，雙頰滾燙，頓時不知所措。

不要說了。我張開口想阻止他繼續說下去，但卻發不出任何聲音。

他的聲音像是深夜打在遮雨棚上的雨點，不輕不重，卻沁涼入骨，「妳對我來說只是她的替代品。」

「別說了。」我哀求道。

耿在胸口的情緒讓我難受，我不敢確認那到底是怎麼樣的感情，他給的希望，能粉碎希望的也只有他。

「對不起。」季漠然眼神靜如停止流轉的湖水，漂亮但沒有溫度。

這世界給的傷太多，我一直以為他也和我一樣深受傷害，但原來那個人只有我，原來他就算在這個世界也能好好的。

「你到底為什麼要這麼對我？」我抬起雙眼，「一個月前，明明是你先說了那些話……」為什麼要動搖我的心？

「何媛瑄，不要對我太好，反正我都是總有一天會離開這裡的人。」

我張開口想阻止他繼續說下去，但卻發不出任何聲音。

「你應該知道，我喜歡的那個人不是妳。」說起那三個字的時候，他的笑容徐徐綻放，像是深夜裡絕美的半月，觸碰上我的視線，霎那結霜。

「既然如此，繼續把我當成她，不是很好嗎？為什麼要突然跟我說出真相？」這樣我會誤會，誤會他說的話是為了保護我而說的謊。

我試著要在他的眼裡尋找任何不自然的神采，但卻只是從他雙眸中看見狼狽的自己。

「不一樣。」季漠然豪不留情地粉碎我的僥倖，「我做不到。」

我有預感，我沒辦法承受他接下來說的話，但我沒辦法阻止他繼續講下去。

「妳根本比不上她，已經夠了，早點告訴你真相，我承受欺騙妳的罪惡也能少一點。」

那一瞬間，過去虛構起來的幻想破滅，彷彿聽見什麼東西碎裂的聲音，卻是無影無息地碎在心裡，滿心房的玻璃碎片，心臟像是被人狠狠捏一把，他的最後一句話，將所有玻璃碎片全部插入心臟深處。

「對不起，我破壞了她在妳心中的形象。」深呼吸後，我自嘲笑了笑，「對不起，我讓你感到罪惡。」

「我也很抱歉，我沒想到妳會有這樣的誤會。」

我不想聽他道歉，他有什麼好抱歉。

季漠然沒有錯，班長也沒有錯。我們永遠不會苛責一個深陷流沙的旅人，錯誤踩下的那一腳，已經是最大的懲罰。

我不是那隻被好奇殺死的貓，我只是困在自己無意間構築起來的感情，漸漸窒息，明明如履薄冰，卻擅自以為自己走在平坦大道上。

我想抓著他像電視劇演的那樣，大哭大鬧，質問他為什麼要突然這樣對我，但我太累了。

「你看到于舟自殺那天的影片了，對吧？」思來想去，會讓他態度大變的事，只有這件事。或許他是因為真相太過可怕，而反悔不想把影片交出去了。

我深深吸了一口氣，「能不能至少讓我知道，那天的事，班長到底牽扯了多少？我不會責備你，就算你想把隨身碟銷毀也沒關係。」

「夠了，于舟的事和妳沒關係，已經夠了。以後在學校，不管什麼時候看到妳，我都會避開，妳也一定要做到這樣。還有私底下也不要和我有任何交流。」他拿出手機，在我面前晃了晃，「現在我已經把妳的號碼刪掉，妳也刪掉吧。」

我咬著嘴唇，克制著自己不在他面前崩潰。

總有一次絕望，會讓人瞬間長大，也總有一種疼，椎心刺骨卻逼不出半滴淚。

儘管保持鎮定地打開通訊錄，操作手機的手卻顫抖的彷彿不是自己的，按了好幾下都按到其他人的號碼，季漠然見狀伸手奪過我的手機，替我找出他的聯絡電話，按下刪除鍵。

他依舊平穩的語氣和表情，「往後，沒有我或是有我的日子，妳的世界都能好好運轉，而我也一樣。」

「我後悔了。」我收起手機，不願看他。

遇見他，是我這一輩子最大的遺憾。

如果可以重來，那天在咖啡店我就不會接他的電話，也不會再對季漠然三個字起任何一點好奇心。

「這是應該的，妳該後悔，當妳知道于舟的事，就該遠離我，那時候，妳早該知道我不是好人。」

說完想說的話之後，季漠然留下我一個人在保健室。

那天之後，我們形成一種很微妙的關係，比起劃清底線以前還要更微妙的關係。早已在心口堆積上對彼此的在意，在我們開始認真意識到以前就已經超過我們能乘載的重量。肩負著孤獨的他，還有深陷其中的我。在這名為世界的迷宮裡不肯再跨出第二步。只要什麼都不做，就不會受到傷害。但至始至終誰都不願意再次破壞目前的和諧。

周四中午。

我的腳已經恢復得可以自由走動了，連續吃了好幾個禮拜的麵包，一到午餐時間，我立刻強烈地要求要去學餐吃飯。

「湯圓，妳腳還沒完全好。妳就坐在這裡，我跟子語去幫妳裝便當過來。」找到空位坐下後，秦琪自告奮勇要幫我打菜。

看著秦琪和溫子語的身影慢慢被排隊人群淹沒後，我低下頭，打開手機想預習下午要抽考的單字。

「何媛瑄！」

聽見有人用力地叫我的名字，我循聲抬頭。

韓樂琳雙手叉腰站在我前方，居高臨下地往下看著我，她身邊左右站著那群平時和她親近的女同學，看見葉新瑜並不在裡面，我在心裡鬆了口氣，看來她擺脫了她們了。

「怎麼了？」我關起手機，鎮定地看著她。

「新瑜和我說了，影片是妳拿走的吧？妳是不是有病啊，我們的事關妳什麼事？妳到底是于舟的誰！」她的聲音充滿怒氣，儘管室內十分吵雜，她的話依舊引來了不少注目。

我沒聽懂她的話，但心跳得很快，「妳在說什麼？」

「妳——」那張完美無瑕的妝容扭曲到了幾點，以往的美麗只剩下醜陋。

我坦然地與她對視。

韓樂琳深深吸了口氣後，她似乎恢復冷靜，露出了以往冷豔的笑容，然後伸手拿起坐在我隔壁座位吃飯的女同學桌上的牛奶。

「我懂了，一次車禍的教訓妳根本無痛無癢，妳是想當第二個于舟，是吧？這簡單。」她邊說邊高高舉起手上的牛奶。

我恐懼到了極點，卻無法動彈。

那個紙盒牛奶已經打開了一個口，我完全沒辦法移動，睜著眼眼看她把手舉到我頭上，下一秒，一隻手猛然從旁邊搶過那個牛奶。

「什——」

韓樂琳急促的驚訝還沒結束，乳白色的牛奶就這麼從她的上方淋了下來。

所有的人都倒吸了口氣，好像那罐牛奶就倒在自己頭上。

韓樂琳整個失控，在原地尖叫了一聲：「是誰！你瘋了嗎！」

季漠然冷冷地看著她，然後鬆開手，牛奶紙盒就這樣掉到韓樂琳溼透的頭頂上，接著啪一聲掉到地板。

「適可為止就好。」

「季漠然！」看見是他，韓樂琳更加氣憤，「你在那邊假仁假義什麼！我現在是在幫我們！你不幫我，還反過來幫她！」

「湯圓，湯圓！別看了！」

事情愈演越烈之前，溫子語和秦琪抱著三個自助便當跑了回來，不由分說地拉著我離開學餐。

最後我倜促地回頭，正好對上季漠然深沉冰冷的眸光。

明明看著彼此的眼中都帶著話，但不管是我或是他都選擇將話藏起而不說，就這樣世界的裂口蔓延到心上，將我們的所見所聞全都撕裂。

隔天早晨，季漠然主動來找我，他不是自己一個人。

我聽見門鈴聲，打開門，看見站在季漠然旁邊的方哲熙熱情地對我揮了揮手。

「嗨，學妹！」

我已經準備好要出門，一隻手抓著領結，一隻手按在門板上，欲迎欲拒：「你們來做什麼？」

儘管對於他的態度大改變，我有很多疑問，但我依舊不是很想看到他。

方哲熙看了他一眼，又看著我，說：「小漠，有個東西要給你看。」

我猶豫了一會，看時間還綽綽有餘，便讓他們進屋。

季漠然帶了筆電過來，關好門走回客廳，他已經開機，並點開了桌面一個影片，我的心臟陡然劇烈跳動，我注意到方哲熙儘管若無其事，可是整張臉甚至是嘴唇都微微顫抖。

就在季漠然伸手點影片的瞬間，我阻止了他的動作。

「等等，你想讓我看什麼？」

季漠然抬起眼，一對眸子黑得深沉，他輕輕把我的手移開，毫無情緒起伏地說：「那個妳想知道的真相。」

他沒有再給我任何思考的時間，立刻點按下影片播放。

那是個監視器的錄影畫面。

即便是從上往下拍，鏡頭離畫面中拉扯的那群人有一段距離，但錄像十分清楚，每一個人，甚至每一張臉孔都一清二楚，也包括了最後于舟絕望地跳下去的那一幕，而眾人卻像是目睹了一齣喜劇，捧腹大笑的可怕表現……

看完影片，我整個人懵然了一段時間，好一會才開口：「為什麼要給我看？你不是說已經夠了嗎？」

我想起一個多月前，他說過的話——

「如果隨身碟裡真的是失蹤的監視器畫面，你打算怎麼做？」

「得要交出去才行，和日記本一起。」

事實就赤裸裸地展現在眼前，讓人無從反駁。

我已經可以預測到接下來他將面對到的什麼，譴責、鄙夷、謾罵，還有很多無法想像可怕的責難，不論是法律上或是輿論上，他承受不起的，沒有人承受得起。

這就是他疏離我的原因嗎？

因為發現了影片，害怕讓我看到以後，會和于舟的死牽連更多，所以才疏遠我？可是這沒道理……

季漠然啪一聲關上電腦，「以後不會有人再煩妳了，我等一下就會把影片交給于舟父母還有警方。」

「不可以。」我站了起來。

影片裡面雖然沒有清楚錄到班長的身影，只有背影，但是如果最後指認的時候，他一定也會被指認出來，再加上日記本裡一定會有紀錄。

「媛瑄，我做過錯事，應該要懇求受害者原諒，可是于舟死了。」
他無視我的阻攔，慢條斯理的收起電腦，然後站起來，面對面看著我。
我激動地想向前抓住他：「可是，做錯事的那個人是——」
「那個人是季漠然，這個世界唯一的季漠然。」
說完，他提起書包，轉身走了出去。
我連忙追了上去：「等一下，漠然！」
方哲熙從後方蠻力按住我，不讓我有機會往前。
「如果他還想繼續活在這個世界，這就是他能做的最殘酷的贖罪，也是他唯一能做的事。」
他的聲音也在發抖，原先的假面早就崩裂，徒剩下一臉痛苦。
所有的一切都亂套了。
我現在只想要班長趕快回來，可是我不知道該怎麼做。

❀

然而，我終究沒能阻止季漠然交出影片。
放寒假前夕，學校被另一件新聞炸開了半片天：家長會副會長的女兒仗著家裡的權勢和財富長年在校園裡霸凌弱勢同學。

那個人就是韓樂琳，這次事件的證據確鑿，聽說還牽連了很多人，休業式前一天，韓樂琳和她的跟班缺席了一整天。

學期的最後一天，秦琪興致高昂地在我身邊打轉。

「今天晚上要不要一起玩？我找了其他人要去唱歌。」秦琪眉飛色舞地向我報告她的規劃。

「我考慮一下，放學再告訴妳。」我的目光不自覺飄向前方的季漠然。

「沒問題。」

季漠然被圍繞在一群人中央，搖晃的燈光，煙塵瀰漫的教室，整個場面因為即將來臨的假期，少了學生間該有的壓力，多了一分凌亂的歡笑，這片雜亂，唯他佔著畫面的一角，在每個經意間，我的眼裡只有他。

霸凌事件牽連甚廣，他不是真正害死梁于舟的兇手，他早在事情已經落入無法收拾的境地時良心發現，但依舊是晚了，他的懲罰只有口頭申誡，但心裡的懲罰就不一定了。

韓樂琳和其他幾名同學現在面臨法律上的刑法，現在校方和警方都介入調查，據說校方動用了很大的關係，才勉強把新聞版面壓下來，但事情爆發的那幾天上下學路上，很明顯都會看到新聞車在學校周邊活動。

以前我生活的安分，極盡縮小自己的世界，不過問也不關心自身以外的人事，秦琪天生八卦一點，再加上溫子語的家人也在家長會有一席之位，要不是透過他們，我根本不會知道這麼多。

班長的過去不該由他承受，也輪不到他人利用這個過去來一輩子傷害班長。我不是班長，我沒辦法替他決定，班長應該花上一生多少時間贖罪，也沒資格去評斷他在其中是否真的錯了。

我的心破了一個洞，不論做什麼都無法填滿。

放寒假之後的日子，我過得並不好，但還是勉強從支離破碎的生活裡慢慢找回了從前的秩序。我想，我其實還滿慶幸，他選擇在我越陷越深，將最後一片心的碎片也丟失之前，告訴我這個事實，而我慢慢將每一塊破碎的心拼湊，拼湊出了另一個新的自己。

學測成績放榜那天，秦琪找我去和其他應屆畢業學生會成員一起吃飯。

聽見名單裡也有方哲熙的名字後，我想婉拒了她的邀請，因為我怕我會想問他關於季漠然的事，明知道是兩個不同的人，還是想知道他現在過的好不好？睡的好嗎？光是想像和方哲熙見面，萬一他帶了季漠然出席，不是自找虐，我沒心臟病也瞬間感到心很疼。

我想拒絕，多想就此不聞不問，但身心分離，約定時間一到，我不受控制還是如期赴約。

站在聚餐的店外，方哲熙以有關於「那個人」的話要對我說，比聚餐時間提前半小時約我到場。

「嗨！」方哲熙坐在角落，看見我很有精神的和我打招呼。

「學長，恭喜你！聽秦琪說，你開始準備申請美國大學，還有好幾間學校私下要招攬你。」我泰然自若地笑著說道，但這段話其實在我內心裡反覆練習了好幾遍，方才能流暢無阻。

「你看起來像是來弔喪，一點誠意也沒有。」方哲熙盯著我，嘴角微沉。

我聳聳肩，看他前方有一個空位便擅自坐了下來，「只是最近發生一些不太愉快的事。」

晃過神，我才發現方哲熙目光銳利地看著我。

他的眼裡像是察覺出了我的內心，「妳在想的那個人不會來。」
我咬著唇不說話。
方哲熙嘆了口氣，「還記得某天我們班晚自習時，妳忽然跑來找我，那時候我跟妳說的話嗎？」
方哲熙和我說過很多話，很多關於班長的話。
我想了想，「你說對不起。」
「嗯，我說對不起，也許就是為了現在。」
方哲熙這個人雖然我沒多少和他相處的回憶，但我知道他其實心思很細膩。
我不太意外地反問：「你到底想說什麼？」
「你就別騙自己了。」
我盯著他，末了，我聽見我自己用一種極近緩慢顫抖的語氣問：「他什麼時候離開的？」
「車禍那天。」他輕聲說：「我和小漠猜，交換的地點是醫院，也許真的是因為那條項鍊，剛好兩次交換的時候，他們都在醫院。」
有時候我們不一定會得到自己想要的答案，但拋出去的問題，回收的回覆也未必是我們能承受，也有一種答案，因為預設的問句已經超過自身的負荷量，既然拋出問題了，就必須要承擔反彈回來的傷害或是皆大歡喜，比如現在。
方哲熙的目光深沉，比現實還要鋒利，深深刺入我的心口，我終於出聲：「對不起，本來是要來恭喜你，可是我現在有點沒心情。」

傴促地低著頭，我快步走向門邊。

「妳和他不同，妳還沒有失去一切。」身後方哲熙的聲音悠悠響起。

我霎時停下。

「這個世界還有一個季漠然。」

我的雙腳像灌鉛一樣，忽然不能移動。

「我知道妳會捨不得他，所以讓小漠替他演一齣，妳當時太震驚，所以沒發現，如果能一直騙著妳那有多好，但妳太聰明了。」

「別說了。」我克制不住渾身顫抖。

「他回到了沒有妳的世界，也會面臨到他的難題，他不會希望妳在這裡生活一蹋糊塗。」

「夠了。」我對著方哲熙啞聲喊道，語氣裡帶著一絲哀求，「不要再說了，你不是他。」

事到如今，為什麼要和我說這些？

「我和他本想就這麼瞞著妳，但不知道為什麼，我覺得這樣不對。」他越說越小聲，最後竟有絲怯懦。

他求的不過是一次再見的機會，卻迷失在朝夕相處的另一次眷戀。

我最大的後悔，是明明知道該珍惜，卻沒有留足夠的時間和機會給他說再見，不管是另一個世界的何媛瑄，還是我都給他帶來了傷害。

生死契闊，與子成說。終究徒有虛名，道不完的傳說，說不盡的離別，真正的離別面前，再細小的願望不過如螻蟻般奢侈。

我有很多話想對他說，我們才剛說好重新開始認識彼此，怎麼就沒機會了。

顧不得回應前來關心的服務員，我一股腦兒跑出餐廳。我什麼方向都沒有，只是單純不想回家，不想留在原地，就是直面朝著一個方向全力跑著，像是想要甩開什麼，可是追趕在我身後，卻是空無一物。

長久累積下來的情緒就快要潰堤，我拚命逼著自己思考，就怕停止思考後，占據我腦中的千百種想法會化為一把利刃同時指向同一件事情。

天空就下起雨，雨勢不大，綿綿細雨，像是散在花田上空中的蒲空英種子，落在身上，輕巧毫無感覺。

手機響起，將我拉回現實，我慢慢停了下來，扶著膝蓋平緩氣息，打開手機，螢幕上跳出幾封廣告訊息。我煩躁的清空收件匣，收起手機，剛抬起眼，我一怔，定在原地半步不敢動。

放下手機，我強忍著恐懼，抬起眼眸。

季漠然定定地站在我眼前，半個月不見，他的眉眼如初，一對好看的眼睛像是頂替浩瀚夜空上璀璨的星燦，將我陷入灰暗已久的世界重新點亮。

他穿著一件深藍羽絨外套，外套拉鍊沒有拉上，露出裡頭剪裁良好的白色襯衫和黑色牛仔褲，隨著風掀起衣襬，空氣裡彌散著乾淨好聞的氣味。

看見他的第一眼，我以為自己的心跳會停止，仔細算算時間，半個月不見，我幾乎認不得眼前的人，他從一個笑容滿面的人轉變成了面色清冷的人，同樣細長的眉眼，劍眉飛揚著英氣，白淨的臉蛋和細柔的黑短髮，只是好像比記憶中，再清瘦一點，眼神又少了點精神，看起來睡不好，眼窩下淡淡的黑。

我有些恍惚，彷彿過了整整一世紀，才回過神，緩緩走向他。每一步每一步，慢慢的，輕輕的，彷彿是走在和過去一樣的路上，小心的護著回憶，每一個步伐落下，分秒破碎。

腦中忽然有個畫面，他驚慌失措地出現在教室門口，身上的制服都沒穿好，眸中的驚慌像是大火燒斷了他的理智。

「嘿。」季漠然的嗓音如故，低沉沙啞，重重打在我的心坎。

寂靜的夜裡，雨又停了，輕緩流動於心頭上的情緒卻未停止，世界忽然安靜的只剩下我和幾步之遠的對方，輕盈的水珠沿著他髮梢落下，掛在他一對細長的眼簾上，隨著他的每一下眨眼，晶透的雨珠彷彿一滴一滴滑過他的臉頰。

他的眼底有他一貫的寒意，緊緊地盯著我。

我們之間只差了幾步的距離，差不多他大步向前兩步，我往前走近五步的距離，喧鬧的城市，身後行人和車道的紛擾，並非真的都聽不見，只是他的身影揉進這片背景裡，別出一幟，往後的人生裡，他不再是茫茫人海裡偶然停住在我記憶裡的普通人，他是季漠然，這個世界唯一的季漠然。

方哲熙說的沒錯，我們沒理由勇敢，沒理由相信未來。

他說喜歡不能為了我說，我想挽回的那個人卻注定不能在這個世界長留，所以，我甘願陪著他一起說謊。

「好久不見。」他說。

「好久不見，班長。」我輕聲說。

我們坐在公園裡的長椅，各執一邊，中間相隔了一個手臂的距離。

「一年前的事到底是……」躑躅了半晌，我好不容易提起勇氣開口，又縮了回去。

他頂替我未完成的句子，淡淡說道：「妳嚇到了吧。一年前，溫于舟不知道怎麼知道我和哲熙的事，那時候我很害怕，如果資優生是同性戀的事在學校傳開，我就會被人用另一種眼神對待，其實我知道以溫于舟的個性，她是不會告訴別人，但我就害怕有個萬一，我從背後指使了班上的人排擠她，是我逼死她的，我在保健室說的話是真心的，我不是好人。」

他清瘦文弱，一點也沒有他自我詆毀時說的那股狠勁。

我有些悻然，這一刻，我真實地感受到他是班長，而不是另一個季漠然。

「哲熙知道嗎？那些你做過不太好的事。」

「哲熙他什麼都不知道。」他唇角難得掀起一抹笑意，幾分苦澀，又有幾分甜蜜，「當他知道影片的事，抱著我哭了好久，一直道歉說不知道我這麼痛苦。」

當他說起哲熙這個名字的時候，冷若寒霜的黑眸猝然溫柔的化開，整張臉也柔和許多。

班長像是把我當成了告解對象，沒等我整理出個頭緒，他自個兒解釋下去，「新瑜曾經是于舟比較親近的朋友，于舟死前最後一通電話是打給她，她沒接，我知道她很愧疚，所以我利用她的愧疚，要她幫忙去把影片偷出來，再來的事，妳應該就知道了。如果沒有交換這件事，我大概依舊會執迷不悟。」

我在心裡輕嘆一聲：「如果你真的是很壞的人，怎麼會決定把影片交出去？」

「因為你們。」

我垂下眉眼，有些無措。

「那場車禍不是意外，是樂琳動的手腳，很不可思議吧，她只是高中生，竟然會做出這種事。」班長的手指無意識地刮著鐵椅扶手，語氣有難以遮掩的厭倦，「樂琳從小就被家裡寵著、慣著，要對付妳對她來說太容易，當然她的方式也很簡單乾脆，也許在另一個世界獨自生活了一段時間，我終於意識到我做錯了太多事。」

我像是在聽著與我無關的故事，良久後，才微弱地說：「那還真可怕。」

班長的眼裡映著星光，他的語氣柔長，與記憶裡的那個他相重疊，「我有時候會想，要是我們不曾轉換過，那樣就不會讓妳受到傷害，我替他向妳道歉。」

如果分離注定是我們的命運，接受這個命運的同時，我們就該要有勇氣承擔所有的痛苦。

我注視了他兩秒，輕聲問：「班長，你是不是想過要自殺？」

「嗯。」季漠然淡淡一笑，「有時候，我覺得有一張巨大的蜘蛛網，緊緊狠狠地把我纏繞其中，我掙脫不了，但我知道身邊也黏滿了和我一樣掙扎想逃脫的囚徒，只是知道了，那又如何，我們都是受困的獵物，困住我們，把我們逼入絕境的就是活著這件事。」

如果對這個世界已經沒有任何留戀，那所有的事都可以將就。

腦海中忽然響起季漠然對我說過的話。

我忍不住緊張地看著他：「班長，你該不會想自殺吧？」

他木然地盯著前方一會，嘆了口氣：「我不會自殺的，別擔心。我在那邊遇到了另一個人，她跟我說很多話。」

「她說了什麼？」

「要活下去，如果能撐得過昨天，那今天也可以，今天可以，明天也可以。搖搖欲墜不代表從此海闊天空，只是無論明天以後，天要塌，地要陷；小國要沉淪，大國要發起戰爭，甚至是末日預言的幻滅，你都要看著，親眼見證，這樣你就會比前一刻放棄生命的那些人再強一點。」季漠然話音一轉，「她還說如果是一個犯過錯的人，那更該活下去，就當贖罪也好。」

「你遇到了好人，那好人叫什麼名字？」我有些好奇，說不定會聽到班上的同學名字，知道有個同名同姓，但際遇不相同的人其實是挺有趣的事。

「梁于舟。」

我一愣。

隨即我沒理由的難過了起來，另一個世界的何嫒瑄要是自殺之前，也有人這樣對她說就好了。

像是心有靈犀一樣，季漠然接著說：「她有留遺言給漠然，我想那個漠然那天回家應該就會看到了。」

我點了點頭，依舊有些感傷：「我只是覺得太可惜了，另一個世界的嫒瑄要是也堅持下來就好了。」

「嫒瑄。」班長面不改色，認真地注視著我：「有時候，一個人會想死，並不一定有什麼理由。就只是當下不想再繼續堅持下去的意志勝過了對生的渴望。」

安靜了一會，我沉聲說道：「我真的來不及和他說再見了嗎？」

季漠然就這樣安靜的凝望著我，沒有答話，也許他也不知道要如何回答這個問題，深邃的眼眸裡泛著隱隱水光，他們不是同一個人，卻有著同一張悲傷的臉。我不逼他，千言萬語話作一聲苦笑，繾綣帶過這片寂涼。

他陪了我一陣後，便先行離開，臨走之前，他給了我一本日記。

「總有一天妳會走出來的，好好珍惜身邊的人，這才是最重要的，如果你有任何需要幫忙，儘管告訴我，日記最後一頁，我重新給妳留了電話號碼。」

我望著那雙漆黑無光的眼睛，低不可聞地回答：「謝謝你。」

等他走了之後，我翻開日記，開始的日期是世界交替那天，內容鉅細靡遺，甚至連和擦肩而過的路人一句無意地招呼也記錄了下來，以至於每一天的篇幅都很長，長到看完一篇的日記，彷彿就能感同身受地體會執筆者的所有喜怒哀樂。

日記的最後一天停在車禍那天早上，筆跡相較其他天數還來得凌亂，就這麼一行字：「忘記定鬧鐘，七點半和方哲熙、媛瑄在正門有約」句子未完成，連句點都來不及加。

如今，還有過一個季漠然停留的證據只剩下了這本日記。

我獨自一個人坐在長椅對著身旁的空位失神許久。所有的思緒和知覺彷彿都在瞬間戛然停止。頭頂上的天光又恢復原來的灰甸甸的色彩，彷彿全世界都於我背離，縱然我好好地活在這個世界。

這就是結局了嗎？

上天既然憐憫了失去摯親的他，為何卻連說再見的機會都不給我們。

離開的路不過是幾公尺的路，我走得彷彿是十公里般漫長，往後我的餘生，他留下的折痕會慢慢被時光歲月撫平，慢慢的，淡淡的，最後只剩下記憶中偶然晃過卻不明白為什麼疼。

走到路口，剛才與季漠然相遇的轉角，鵝黃的街燈依舊溫和地打照在每一個路過的行人身上，卻驅離不了我內心湧現而來的滾滾黑暗。

接著，我想起很多事，很多過去的畫面，不小心撞了一下路邊的垃圾桶，手腕上的錶帶撞上白鐵邊緣，發出一聲清脆聲響，然後再無半點聲息。

只要還在同一個世界，無論距離多遠都不算是永別，起碼想知道的時候，還是能輾轉得到對方的消息，這就是幸運，也是驅使人漸漸走出離別感傷的動力。

可是我和他連這微小的幸運都無法擁有。

時間過得飛快，轉眼二年級第二個學期也即將進入尾聲，世界曾有第二個季漠然駐足了痕跡越來越淡，如大浪淘過白沙灘，在深刻的刻痕都不著痕跡地漸漸被沖淡。

但那份難過還在。

提早出門到花店買花，時逢畢業季的花店，滿店都洋溢著適合送別的花種，前年哥哥畢業的時候，我和媽媽一起去買花，大致要買怎樣的花束比較合適，我心裡大概有個底了。

繞了花店一圈，我最後選了和當時送給哥哥一樣的花束：豔黃的向日葵穿插著幾朵迷你玫瑰和百合花。

小心抱著花束走出花店，我搭上公車到學校和秦琪會合，走出公車亭時，我抬起手對了對手錶時間。正好趕上典裡開始。

「我在這裡！」秦琪站在校門口怕被人群擋住，高舉雙手向我揮動。

等號誌燈切換成綠色後，我快步走去和她會合。

她穿著一件水藍色小洋裝，手臂上掛著一袋禮物，看起來很像美國電影裡的鄉村女孩。

「湯圓，妳果然很喜歡學長。等等要去獻花嗎？」她看到我手上的大把花束愣了一下，然後對我露出不懷好意地笑，「這麼說你們上個學期都一起吃午餐，是不是在一起了？」

「才沒有。」這我是有苦說不出，諒班長還是在學生，他和方哲熙兩人暫時還是沒有要公開關係的意願。

秦琪揶揄了幾句，見我態度敷衍，也就自討沒趣，勾起我的手走進校園，往禮堂前進。

我參加過每一場畢業典禮都十分相似，除了自己的畢業典禮多了點眼淚的色彩外，其他人的畢業典禮在我看起來都沒什麼特別。

秦琪卻哭得比畢業生還慘。

「學姊，以後有空，要記得回來看我們！」她在講台下大哭。

我扭捏地在講台下四處張望。

典禮已經結束，大部分的畢業生都還留在原處和親人朋友拍照說話，溫子語早就耐心燒到底，開始前五分鐘露了個臉後，就說有事先溜走了。

現在，溫子語和我的關係，是越來越撲朔迷離。他看似置身事外，實際心比誰都細，這大半的學期，他雖然什麼都不問，但卻把了比以往更多的時間留在我身邊。

一組畢業歌已經在禮堂四邊的大音響重複了不知道有好幾回了。我喬了喬手上花束，換了個好拿的姿勢。

我看了眼身旁哭成淚人兒的秦琪，她還要一段時間道別。再看看我前方，方哲熙現在就站立的位置，從剛才開始就擠滿人，看來兩邊都還需要一段時間。

我拉了拉秦琪的衣角，用唇語跟她說我要去旁邊打電話一下。四周一片混亂，她好像沒懂我的意思，但胡亂點了點頭。

抱著花束，我從人群中找縫隙，跑到沒什麼人的區塊。

「學妹是來給我獻花嗎？」耳邊擦過熟悉的聲音。

順著音源，我緩轉抬眸起，結綵著紅色賀喜布條的長柱下，剛才圍在周圍的人群都散了，方哲熙隻身一人，黑色紫邊的學士服已經脫下，露出裡頭剪裁良好的白色襯衫和黑色牛仔褲。

「恭喜你畢業了。」我語氣誠懇，把手上的花束交到他的手上。

他垂下眼簾直直望向我的眼底，「謝謝妳，看到妳好多了，真是太好了。」

距離刻意拉遠的這段時間，有一句我一直擱在心裡沒說，沉澱了下心情，醞釀過後，我緩緩說：「我想跟你說謝謝，謝謝你過去時間對他的照顧。」

他沒料到我會反過來道謝，頓了頓，微微彎起眼角，「不客氣。」

大抵是因為我向周遭探索的視線過於明目張膽，他忍不住插嘴道：「漠然他陪他表姊去醫院拿健檢報告，今天不會來。」

我摸了摸鼻子，有些不好意思，「我只是習慣找找，不管過了多長的時間，我對於班長有男朋友，而且對方還是我曾經景仰的學長這件事還是很不可思議。」

自從有一天，班長無意和我提到，其實他和方哲熙在公共場所仍是有跡可循，比如他們都會出現在對於對方很重要的場合上，哪怕自己並不感興趣。那之後，尋找班長或是方哲熙，就成了我一種替代性的樂趣。

我猜，在心底，或多或少看見班長的時候，我還是會期待看到另一份專屬於另一個人的熟悉。

「學長，你覺得命運是什麼？」末了，我不著邊際地丟了一句問題。

「其實我不相信命運這種東西，現在也不信。」他風輕雲淡地說：「但也許生命裡會有某些時刻，早就在無形中輾轉好幾手注定了會發生某件事，不論當下，人有心也好，無心也好，就算臨時改變道路，依舊無可避免，若有這樣的事發生，我願意改信一回命運試試。」

畢業典禮結束後，秦琪本想找我一起歡送畢業的學長姐，但我先答應溫子語，今天典禮過後，要陪他去買他姊姊的結婚禮物。

走出學校，我傳了封訊息給溫子語，他這個人比較沒耐心，又跑回家去補眠了。重新敲定了一遍見面地點，收起手機，公車正好進站。

隨著公車行徑顛簸的道路，我的心也跟著整路搖晃波動。

溫子語指定的店面就在醫院附近，比約定時間還早到，我無事一身輕，繞著醫院周邊店家閒逛了起來。

這個時候，天色已經暗下，不少店家已經亮起外頭的燈飾。半淺不深的天色有股說不出的曖昧。

我走到了底就停了下來，正好與對街的公園對望，傍晚的街道有些落寞，濕潤的微風繾綣而過，幾瓣花瓣和枯葉顯得蕭條。

忽而，有一個黑影快速擦過眼角，還沒反應過來，對方就撞上來，我皺起眉低頭一看，一名小男孩扶著額頭，往後退了幾步，想必是玩脫了，沒想到轉角會有人，才煞車不及。

「對不起，對不起。」他撞的不輕，險些有分不清東南西北的跡象，在原地轉了半圈後，才停下來，口齒不清的道歉。

「沒關係。」

盯著眼前身高不到我腰際的小男孩，目測年紀約莫十幾歲。先左右看了一圈，這般歲數的小男孩，不太可能是自己一個人出來玩，等了半天，未見半個人竄出來要認領，小男孩不知怎地，竟停在原地不離開。

「弟弟，你在等人嗎？」按了按眉心，我彎下身耐心柔和的問道。

我最怕和小孩子相處，總說話不投機，朝小孩討厭。

「不是，我在和哥哥玩捉迷藏。」

怪不得沒人追上來，不過捉迷藏玩到街邊，這範圍也太大了吧？

「那你怎麼會躲這裡？」

「這裡就不會被抓到了！」他童顏童語地說。

以他這個年紀，應該已經上小學了，卻沒有穿校服，八成是和他口中的哥哥來看病，趁人不注意，偷溜了出來。

「小弟弟，你看對面。」我隨性地指向前方附屬醫院的花園，那裏有一條長廊直通向醫院內部，平時供病人到戶外散心解悶。

小男孩似懂非懂地看著我，不發一語，依舊笑的天真。

「你順著那長廊一直走，然後躲在那建築物裡面，這樣你哥就找不到你了，你說你躲這裡，不是就被我發現了嗎？」我呼攏道。

也不知道是真的被我騙過去，還是單純換地方躲，他乖順的往前走，還不忘用帶著奶音的嗓音跟我說再見。

「再見」兩個字都還沒來得及發出第一個音，前方原先乾淨空曠的街道，橫空出現一輛公車，從上坡路段高速衝了下來，我整個人愣是沒反應過來，手腳已經反射性地疾速將剛跨出一步的小男孩拉回騎樓，下一秒滿載乘客的公車直直撞上停等在對向車道卸貨的貨車和汽機車。

空氣一瞬間變色，兩車在眼前翻覆，受傷較輕的乘客哀號著從公車上爬了下來，哭天嗆地的哭嚎幾乎撕裂天地，頓時彷彿身陷人間煉獄，我的雙手搭在小男孩肩上，止不住顫抖，全身上下的血液逆流，一顆心臟幾乎要撞破胸腔。

直到我聽見一個低不可聞的嗚噎聲，我才緩了過來。

「小孩你，你別哭啊！沒事，我們別看那邊，啊不是那邊，不然你看我好了。」

垂下眼，看著一張皺成一團的小臉，就好像下一秒就要嚎啕大哭，我最怕小孩子哭鬧，蹲了下來，我一把抱住他，揉揉他的肩，又拍拍他的背，手足無措地胡亂安撫了一通後，我忽然想起頸上的項鍊。

手忙腳亂地解下項鍊，我把項鍊塞到了小男孩手上，「你握好，別放掉。聽話，我去看一下狀況。」店員說這項鍊有收驚的作用，不知道是不是真的。

我們站立的位置特別尷尬，也用不著我去攙扶傷患，一名滿臉是血的女乘客手腳並用地朝我們這邊爬了過來，我見狀，連忙伸手想去拉她，一動作便想起懷裡還有一個小孩子。

「小孩，你先閉眼睛去旁邊一點好不好。」喊了幾聲，沒等到回應，「噯，小男孩——」我低頭一看懷裡的人，原來被嚇暈了。

還好事故的位置就在醫院附近，驚天動地的車禍發生後沒多久，大批醫護人員抵達現場，有一名護士看見縮在騎樓下的我和小男孩走了過來，指示我沒受傷的話，麻煩替他們把小男孩先送去醫院。

安然將小男孩送到急診室，暫時轉交由護士照顧，我抓了空檔到外面打電話給溫子語，原來的約看來是要爽約了。

夜晚的醫院戶外很寧靜，偶爾捲起陣風將地面上的落葉殘枝颳起，墨綠色的大樹灑落了更多落葉，多少年來，這樣的良辰美景又見識了多少的悲歡離合。頭頂上的月亮不圓，不特別大，但很清楚，一抬眼就佔了整個眼眶，季漠然也看到了嗎？

站在醫院外前，一年前的光景歷歷在目，我停在原地，認著刺鼻的消毒水味道和強烈的空調鋪天蓋地而來。

沒想到撥打了幾通電話，溫子語不是在忙線，就是一接通後就被掛斷。

猶豫了一下，我改撥打秦琪的電話，想詢問她知不知道溫子語在做什麼，電話剛響一聲，頓了下，當我剛驚喜她難得這麼快就接電話時，制式冰冷的電子嗓音將我澆上滿頭寒霜。

「您撥的電話是空號，請查明後再撥打……」

我皺了皺眉，看了眼手機上的號碼和聯絡人，沒打錯啊。

不死心又重撥了好幾次，結果都一樣。

我有些茫然地瞪著手機一會，最後放棄打電話，走回急診室，我抬頭注意到大廳牆上的大時鐘，原來已經將近晚上七點。

怕驚擾小男孩，極近輕緩地拉開阻擋在病床間的簾子。

我——怎麼是空的？

本能地就跑出了急診室，仔細思考比對記憶，又重新走進去一遍，沒走錯啊！

還沒來得及有更多想法，很快我就發現，病床外面貼的病患名條上，沒有半個人的名字。

怎麼回事？周圍幾張病床不全是空床，好幾個病人對我投來怪異的目光，彷彿我是從精神科跑出來的病患。

我被看得渾身不自在，踟躕了半天，我回頭往服務台走，還沒走幾步，迎面走過來的護士看見站在病床前的我，一臉驚訝。

「這床的病人剛走了，妳是他的家屬嗎？」

「我剛和他一起進來的，他什麼時候出院的？」

咦，這麼快？我短暫離開前弟弟還沒醒來，沒辦法取得聯繫資料，我不過出去打個幾分鐘的電話，人就已經被接走了。

護士小姐想了想，「差不多幾五分鐘前的事。」

這都比高鐵快了，弟弟的家人住醫院隔壁嗎？

護士小姐看起來是剛換班，對弟弟的狀況一問三不知，繼續瞎耗在醫院也不是辦法，謝過護士小姐後，我便離開醫院。

暫時連絡不到秦琪，溫子語的電話打過去，仍舊是在忙線，不然就是在無人接聽。

繼續留在醫院也無濟於事，這兩天媽媽北上去上課，也不能拜託媽媽詢問方哲熙的狀況，等公車來了後，我便直接搭公車回家。

我索性傳了訊息給溫子語說要先回家了，改日再約。

身心俱疲，靠在車窗上，窗外城市一片明亮，街燈與商店的繁華交織著不同於白天的另一種熱鬧，我把視線抽離，隱隱倒映在車窗上，一張疲倦的側容，黑色細長髮凌亂的貼著頸部，一雙黯淡的眼像是燈油耗盡的油燈，我摸了摸窗面，彷彿摸的不是自己的臉，而是另一個人。

下了公車後，我心不在焉地找路走回家，黑絲絨般的夜升起半邊天的星星，彷彿有無數顆的眼睛正窺視著我。

晚風一起，我不由地打了個寒顫。

走到住家前，我才剛把鑰匙拿出來，抬起頭，手上的鑰匙直直從我手上落下，一聲清脆的聲響刮破街道的寧靜，一陣陣的震驚在我心中迴盪，直到每一個神經都戰慄不已。

我家怎麼變成早餐店了？我整個人石化。這到底是怎麼一回事？

瞪著眼前寫著「早安美芝城」的招牌，百思不得其解。

我繞著眼前這棟謎樣的建築一圈，跑出巷子在跑進去，來來回回好幾趟，直到我跑不動，眼前的早餐店都還聞風不動的留在原本該是我家的地方，就好像夜深人靜，忽然有人闖空門，將家裡所有的設備裝潢都換掉，醒來後對著陌生的屋內深感茫然，明明確信深在家中，卻又不是自己的家。

該不會……？先前好不容易消除的疑慮，又再次浮現於我的心頭。

為了驗證我的想法，我一口氣跑回學校後門，看見熟悉的建築物，我只不住湧上心頭的感動，但這樣的情緒維持不久，憑藉著印象，我一路走到了當初季漠然帶著我走回他以為是住家的地方。

我的記憶比我想像中的還要好，很快就找到路。

拜託一定要是墳墓一定要是墳墓！撞到個鬼或什麼都沒關係！站在最後一個轉彎處前，我暗自祈禱，做了個很深很深的深呼吸後，我走了進去。

是是是——非常普通的公寓大廈！

不，說不定是我記錯路了，誰知道呢？畢竟是這麼久以前的事了。

對，一定是我記錯了！我點了點頭，精神重振，抬起頭往回走，才剛舉起左腳，另一個可怕的想法攏據我的心頭。

可是……我家呢？難道我得了早發性失智症？

此刻我的內心是崩潰的。

更崩潰的還在後頭，正當我開始找理由說服自己，身後悠然傳來一個熟悉的聲音。

「智復，我剛好像看到了一個長得跟我們瑄瑄很像的女孩子。」

何智復是我爸的名字，那個聲音是……媽媽的聲音。

「妳又來了。我們的瑄瑄都走了快一年了，妳還看不開。」略帶沙啞的低沉嗓音，再次將我的心撞進谷底。

「我知道，我也只是說我看到。」

「妳在這樣下去，還是請假在家裡休養吧。」

聲音越來越近，恐懼讓我沒辦法轉頭，冷汗一滴一滴滑落，幾乎要衝出胸口的心跳在我耳邊回響不止。

終於到其中一個熟悉的聲音落在我耳畔，靜止狀態解除，我渾身震了好大一下，立刻拔腿逃跑。

「這孩子也有點像我們瑄瑄。」

「妳又來了。」

遠遠地我將那兩個聲音拋下，直到耳邊只剩下刺耳的風聲和狂亂不止的心跳，我都不敢回頭，拚命忍著想轉頭的衝動。

有家歸不得啊。

我摀著臉蹲在離家幾公尺外的小公園，最糟糕的是我的手機還沒電了。

冷靜冷靜。我拍拍自己的臉頰。

眼看著夜越來越深，我腦袋一片混亂，身心疲累到了極點，我感覺我只要坐下就能立刻睡著，但關於現實的問題時不時刺激著我整個神經。

我又走回早餐店，看著原本該是我家的地方，頓時欲哭無淚。

隨意找了間旅館定了間房間，旅館附近有一個小商圈，趕在店家關門以前，我匆忙買了簡單的換洗衣物和手機充電器，還好來到這個世界前，我剛領零用錢，錢包的錢還夠我生活上一陣子

用旅店提供的盥洗用品洗完澡後，我擦乾頭髮，拿了紙筆坐在梳妝台前試圖釐清目前的情況。

我把可能的所有情況都條列出來，但不管我怎麼試圖找理由，最後的結論都指向同一個，如果我現在沒有在作夢的話，我也沒有出現幻覺的話——我跑到了季漠然原來的世界了。

究竟是什麼？是因為什麼才會導致我來到這個世界？

放下黑筆，盯著桌面上的紙張，我已經瀕臨崩潰，要不是太疲累了，最後一絲理智也快要被現實燒斷。

如果不是遇到季漠然，我不會知道人與人拉近距離，其實是輕而易舉的事，只要兩人都能坦開心房，坦然相待；同時，也如果我沒和他相遇，我不會知道，在與人相識以前，跨出的第一步，其實並不容易。

那時候的季漠然，到底鼓起了多大的勇氣才撥打我的電話，第一時間發現眼前的世界和認知不同時，該有多惶恐，現在我終於懂了。

我曾經是他的勇敢，他依存著活下去的憑藉。也許可以的話，我們都不必勇敢，只是總有人必

須堅強。

現在輪到我了。

在這個與我陌生的世界，我虛晃了好幾日，怕在街上遇到熟人或是媛瑄的父母，不管白天還是晚上，當我在外面走動時，總是格外小心，不是戴著鴨舌帽就是口罩。

對這個世界來說，何媛瑄已經死了。出生於十八年前，過世於一年前，她的生命在18歲這年就戛然而止，然而，擁有同樣一張臉，同一個名字，卻是截然不同一個人的我，卻好好的活在她已經不存在的這個世界。

究竟在這樣的世界我該怎麼活下去。

這段時間，我每天都會跑回去早餐店，抱持著碰運氣的心態，希望隔一天醒來，就像魔法被解除，野獸變回王子，馬車變回南瓜，我心念的家能回來。

我跑回了學校，這裡的學校和記憶中的學校有些許的差異，操場似乎比原來的小了點，種在校門口一整排的大樹不見了，取而代之的是連我的膝蓋都不到的低矮小樹，後門轉角常光顧的咖啡店不見了，換成了一間招牌寫著速剪一百元的髮廊。

偶爾經過曾經和季漠然走過的地方（雖然這邊世界出現的地標和原本不同），我會想起他，想著「啊原來他以前生活的地方是長這樣」這樣的念頭能稍微驅離現實帶來的強烈壓力和恐懼。

就像是巨大落地窗，隔離了兩個世界，看似相互無關，卻又相互干擾，我站在早餐店前，想像著如果我還在原來的世界，這個時間點我在做什麼。

肯定是和現在截然不同的心情。

原來的世界，我的父母是否正因為女兒突然失蹤而傷心著急？在病房裡等不到我回去的秦琪呢？大家都還好嗎？

即便是科技發達的現今，就算是借用網路媒體和傳播媒體，我也沒辦法和對方聯絡，即便我們身處在同一個時間，同一個城市，同一個時代。

每天每天都發現一點點這世界與過去不同的一面，久而久之，我彷彿連呼吸的每一口空氣都十分陌生，我好像是誤闖了地球的外星人，但我的確是人。

❀

今天依舊失望而歸。

我垂頭喪氣的坐在旅館外面的超商附設坐位。

身上的錢也所剩不多，大概還能再撐一個禮拜，省一點的話，也許可以再多幾天，但要是繼續這樣下去，也不是辦法，我盯著超商的玻璃窗上的徵人告示，陷入沉思。

也許我至少該找份工作，總要生活下去才能繼續想辦法。我習慣帶證件在身上，除了沒有護照，也沒有錢外，應徵工作的時候，還有證件可以驗證身分——

想到一半我忽然打住，我還咬著吸管，無意識地吸了好幾口，突然換不過氣來，被口中的飲料嗆了好大一口。

在這個世界，何媛瑄已經死了，她的身分證明都已經被停止了，所以我還需要證明什麼？對這個世界來說，都不過是已死之人。

那我該怎麼辦？我也該找條河或是大樓跳下去嗎？我絕望地想。

這幾天一直都在下雨，好像從我來這個世界後隔天，大雨就籠罩著整個城市。每天起床，拉開窗簾，總是一片鐵灰色天空，放眼出去彷彿全世界都因此灰暗，每一口呼吸都沉重的令人難受。

想著未來我到底該怎麼辦，也是絕望地令人難受。

那個時候的季漠然也曾經歷過這段時光吧？多麼希望現在只是一個很長很長的夢，或許下一瞬就會醒來。

趁著雨停，灰色的天空微微透著一點光亮，我起身離開超商，還不想回旅館。我漫無目的在街道上亂走，我拉了拉口罩，穿梭在人潮中，警覺地避開每一雙視線和緊貼著肩膀而過的行人。

不知不覺，我走進了市中心最繁華的商店街。

兩個世界的商店街大同小異，僅有幾間店面的差異。商店間充滿了我和秦琪高中兩年來的回憶，越往深處走，湧上心頭的回憶幾乎要將我淹沒。

我在巧克力專賣店前停下腳步，任著匆匆人流像是時而湍急時而輕緩的溪流從我身邊溜過，只等著我從記憶中解放。

「媛瑄？」一個溫和沉穩的聲音傳來。

驀然回首，我看見一片街燈與星光相輝映的街道，人群最深處，一張熟悉的臉孔隔著人海與我相視。

城市繁華的喧鬧街道上，我站在街口，他一個人佔了街尾畫面的大半，頃刻間，行人彷彿霎那靜止卻只是在我的畫面裡靜止，獨留眼前一個人，耳邊輕輕拂過不止風聲，掩蓋在大片喧嘩聲中，他的心跳，我的吐息，彷彿執著於一世的憂傷。

看見他的臉，全身血液好像也在瞬間凝結，隨之而來是一股強烈異樣感，四周的景物忽然顏色都變淡，變得好遙遠，又好像某個重物壓在胸口，幾斤重的沉重，卻快要壓不住即將溢出的情緒。

我緩緩拉下口罩，睜大眼看著對方，不確定性地抬了抬手，儘管認出對方來，卻沒有勇氣確認此時出現在我眼前的人究竟是誰。

停留在原地，舉步不前，任著熙攘的人群將我推擠拉扯，我忽然想起，某天深夜，季漠然沒事先通知，就出現在我家外，那時候的我們其實和現在的我們沒有什麼差別，都只不過是蠻荒青春裡的某一抹塵埃，互相不干擾，卻又互相牽扯。

時間不停流轉，最後來到了命運之輪啟動的那一天，世界對換，換過來了一遍，又再重蹈覆轍一遍。

停留在這個世界，眼前的那個人是誰？是班長？還是曾經誤闖我的生命的他？

我做了一場夢，以為遇見了此生想愛的人，以為只是場夢；以為夢醒了。

一隻白色蝴蝶翩然從前方飛過，我的目光尋蝶飄向遠方，清風揚起，飛散的髮絲將世界撲朔一片迷離，一個恍神，對面的人已經走到我面前，一對綻亮眸子像半月彎起，目光平靜，卻隱隱挑起我內心最深層的情感波動，許久不見，一如當初。

也許造成兩個世界交換的原因到底是什麼不重要，也許命運本身就沒有理由，我只知道，世界再度沉淪，而我心甘情願。

「這個世界曾經有一個名叫何媛瑄的人，她死了，只剩下我，我的名字也是何媛瑄，你長得很像我一個朋友，他叫季漠然，你呢，你叫什麼名字？」

倏然，他的唇角輕揚，徐徐掀起嘴唇，輕聲吐露的話語消散在風中，但我聽得一清二楚。

「季漠然。」他對我笑著說。

（全文完）

番外一
世界予他，溫柔與殘忍並行

玻璃桌面上放著一壺花茶和一本筆記本，砌好的茶已涼，空氣間還殘留著茶葉的香氣。

我們窩在客廳裡，桌上放著日記本和用來記錄錯誤數字的紙條。

貼著藍天白雲壁紙的牆上開了一扇窗，白色的窗簾整齊的綁在兩側，外頭月光皎潔，透著濃密的大樹枝葉隨著角度變化閃爍著。

夜闌人靜，屋內卻是陰天般的沉悶。

「妳確定我們真的要這樣做？」在明亮的光線下，季漠然的面色有一瞬的死白，濃密的睫毛給他深邃的瞳眸打上一層深深得陰影。

我苦著一張臉，「這是為了誰，你還敢說！」

他說世界報以他溫柔，如果他說錯的話，我們就不會相遇。

但我覺得他錯了，上天太殘忍，才會讓他不管有幾次機會都註定會失去了同一個人，哪怕空有一張相同的面容，卻是兩個不同的靈魂。

瞪著一個成人高的等身立鏡，還有地面上圍繞在鏡身周圍的粉紅蠟燭。

「不是啊，我們怎麼知道這是不是『最亮』的鏡子？還有網路上說是紅蠟燭，我們自己用水彩把白蠟燭上色，這樣算數嗎？」

先不說為什麼我們明明調色是喜慶的大紅色，結果塗上去之後，會變成粉紅色，立鏡還是我歷經萬般艱難偷偷上蝦皮偷渡進來，就為了要符合上面寫得條件，要外框素白色，開過光；打過蠟，但這面鏡子是否真如賣家所說的一樣，這就不可考證，總之，在替某人苦尋回家的方法數日之後，終於引來強烈的抗議。

「我覺得……應該沒差吧？」白蠟燭不是我買錯，而是因為我不敢買紅蠟燭。

小時候實在是聽過太多有紅蠟燭的靈異故事，我在五金行猶豫了半個下午，還是買不下去。

「嗳，總之，我好不容易找到一個我爸媽都不在家的晚上，我們就趕緊試試吧！說不定真成功了，你明天就不用去考那變態的化學考試了。」

從塑膠袋裡撈出打火機，豁出去了，我深吸一口氣，藉著星火大小的勇氣將一圈蠟燭全部點上。

季漠然嘆了口氣，轉身起步把客廳的燈關上。

剎那室內陷入黑暗，只剩下蠟燭微弱的光芒，隨風飄緲的燭光，有絲說不出的詭異，我因為自我鼓勵勉強擠出來的豆子般勇氣瞬間縮成渣。

鎮定了一下心情，我抽出夾在筆記本裡的便條紙，照本宣科的唸出上面得文字：「好，那現在你對著鏡子唸說：『時間之門聽我指令』三遍，然後你走進鏡子裡……不過你要怎麼走進去？啊不管，你就唸唸看吧。」

季漠然的臉活生生地憋成了茄子色，靜默半晌，他以一種近乎哀怨的語氣道：「我，我不敢。」

「不行，上次那句『天靈靈，地靈靈，時光魔法陣開啟』更羞恥的召喚句，你都唸了，這句比上次那句短很多，你當你在說夢話唸過去，我不會跟別人說的。」

他眼巴巴地回望著我，紅光下，有幾分楚楚可憐的柔弱，「那，那妳唸？」

「我唸，萬一真的成功了，結果是我被送回去，那怎麼辦？」我按著隱隱作疼的額頭。

「好吧。」季漠然露出了個快哭出來的表情，顫顫地接過便條紙，卻又磨磨蹭蹭了半天，死活不發出任何聲音。

「行了，又不是抽考默寫，看那麼多遍，是要背起來當座右銘嗎？我在你旁邊，別怕！唸完，早早洗洗睡。」我不耐煩地催促，看他一臉生無可戀，我再害怕都被磨出了個堅厚後母心。

「那妳幫我拿手機照光，這麼暗，我看不清楚。」

我已經被他的猶豫不覺燒光了理智線，一時沒想到，如果額外拿光源的話會不會破壞這個陣術，眼疾手快地打開手機的手電筒功能。

飛快把光源往上照，我猛地往他轉頭，「這樣行了……吧……」

語落未散，我已無語在原地，捏著手機的手險些不穩。

……他，他被嚇暈了。

隔沒幾日，我再度登上當初看到召喚時間之門帖子的論壇上，那帖子已經被被撤下，深入追查下去，原因是：「一派胡言。」

番外二
真正的季漠然去哪兒了？

日子最鳥的時候，什麼不順心的事都會發生。

但今天大概是季漠然這輩子最倒楣的一天，早上睡醒後頭痛欲裂，他硬撐著自己坐公車到醫院，結果掛號時被告知，要等到下午，因為醫院這幾天在接受評鑑，看診醫生只剩少數幾名，季漠然也就乖乖地跟著一群老人坐在候診室等。

好不容易等到下午，季漠然過是去一趟廁所，回來後卻發現他的掛號被取消了。但當他去櫃檯詢問的時候，護士小姐卻說沒有他的掛號紀錄。

設備再爛也該有個限度吧。

季漠然強壓下心中的不愉快，重新再掛號一次。等診療結束，走出醫院，一天都已經要結束了。他這時才想到，早上的時候，他好像只和副班長說了身體不舒服，結果忘記請假。

站在醫院門口，他趕忙掏出手機，正想撥電話，一通電話就打來，他反射性地接起電話。

「漠漠，你還好嗎？」很耳熟的聲音，但對方稱呼他的方式很詭異。

季漠然拿下手機，確認還在通話中，不足自己幻聽後，季漠然重新把手機靠到耳邊。他清了清喉嚨。小心翼翼地發問：「你是？」

「我是副班長，我知道現在不是說這些話的時候，但我想跟你道歉，對不起我昨天不是故意說她的不好。」也不管他發出了很大的疑問聲，對方連珠炮似地講了一大串。

他們班的副班長發生什麼事了嗎？

好想掛掉，他到底在說什麼，季漠然一個字都聽不懂，礙於他想請對方幫忙，只好耐著性子聽完。

好不容易等到對方停下來後，季漠然趕緊開口：「副班長，我忘記跟你說，我今天要請假，如果需要醫生證明，我明天帶去學校。」

「喔。天啊，你不需要這樣，你發生的事我們都理解。」對方發出輕呼，「你明天不用來學校沒關係……」

電話那頭斷斷續續傳來了很破碎的句子，他好像聽到什麼死亡證明？誰死了？

而且，他只是一天忘記請假，有必要到停學這麼重的處分嗎？

「等——」季漠然出聲想打斷對方的話。

「漠漠，你別太難過，我們都會在你身邊。」沒給他開口的機會，對方說到最後說不下去，直接掛斷電話。

喂喂，這樣直接停學是合法的嗎？

季漠然瞪著手上的手機，正想回撥。一台白色轎車在他身邊停下，他轉過身，車窗搖下，一個女人從駕駛座喊住他。

「漠然，你上車吧。我要回家拿一些東西，順便送你回家。」

我？季漠然困惑地比了比自己。她是誰？

「快點上來。」對方不耐煩地點了點頭，「我雖然不喜歡你，但我妹生前最親近的朋友就是你。所以你今天晚上回去好好休息，明天早上我再去載你。」

天，這是什麼新型的詐騙手法嗎？他哭笑不得。

一波未平一波又起，季漠然手中的手機又再次響起。

「你先接電話。」那名女性駕駛轉動方向盤，移動車子停進前方的停車格，熄火後，她下車走到他身邊，「現在大家都很擔心你。」

不用妳說我也會接。季漠然翻翻白眼，滑開手機按下接聽。

「喂——」可憐他一聲喂還沒來得及說完，另一個急促的聲音從屏幕衝了出來。季漠然趕緊把手機移開自己的耳多一公分。

「……我聽說今天的事了。我這團結束後，會盡快趕回家，你這段時間就好好聽阿姨的話，你要堅強，知道嗎？」很粗曠的男聲夾雜著很焦慮。

嗯……他應該回知道嗎？

不過，今天是四月一號嗎？他好想哭。真的好想哭。

要青春49　PG2079

要有光
FIAT LUX

世界沉淪以前

作　　者	盼　兮
責任編輯	林昕平
圖文排版	林宛榆
封面設計	楊廣榕

出版策劃	要有光
發 行 人	宋政坤
法律顧問	毛國樑　律師
印製發行	秀威資訊科技股份有限公司 114台北市內湖區瑞光路76巷65號1樓 電話：+886-2-2796-3638　傳真：+886-2-2796-1377 http://www.showwe.com.tw
劃撥帳號	19563868　戶名：秀威資訊科技股份有限公司 讀者服務信箱：service@showwe.com.tw
展售門市	國家書店（松江門市） 104台北市中山區松江路209號1樓 電話：+886-2-2518-0207　傳真：+886-2-2518-0778
網路訂購	秀威網路書店：https://store.showwe.tw 國家網路書店：https://www.govbooks.com.tw
總 經 銷	聯合發行股份有限公司 231新北市新店區寶橋路235巷6弄6號4F 電話：+886-2-2917-8022　傳真：+886-2-2915-6275

出版日期	2019年7月　BOD一版
定　　價	350元

國家圖書館出版品預行編目

世界沉淪以前 / 盼兮著. -- 一版. -- 臺北市 :
要有光, 2019.07
面 ;　公分. -- (要青春 ; 49)
BOD版
ISBN 978-986-6992-16-2(平裝)

863.57　　108008930

讀者回函卡

感謝您購買本書，為提升服務品質，請填妥以下資料，將讀者回函卡直接寄回或傳真本公司，收到您的寶貴意見後，我們會收藏記錄及檢討，謝謝！

如您需要了解本公司最新出版書目、購書優惠或企劃活動，歡迎您上網查詢或下載相關資料：http:// www.showwe.com.tw

您購買的書名：________________________________

出生日期：________年________月________日

學歷：□高中（含）以下　□大專　□研究所（含）以上

職業：□製造業　□金融業　□資訊業　□軍警　□傳播業　□自由業

□服務業　□公務員　□教職　□學生　□家管　□其它_____

購書地點：□網路書店　□實體書店　□書展　□郵購　□贈閱　□其他

您從何得知本書的消息？

□網路書店　□實體書店　□網路搜尋　□電子報　□書訊　□雜誌

□傳播媒體　□親友推薦　□網站推薦　□部落格　□其他__________

您對本書的評價：（請填代號　1.非常滿意　2.滿意　3.尚可　4.再改進）

封面設計____　版面編排____　內容____　文／譯筆____　價格____

讀完書後您覺得：

□很有收穫　□有收穫　□收穫不多　□沒收穫

對我們的建議：________________________________

____

____

____

請貼
郵票

11466
台北市內湖區瑞光路 76 巷 65 號 1 樓
秀威資訊科技股份有限公司　　收
BOD 數位出版事業部

（請沿線對折寄回，謝謝！）

姓　　名：＿＿＿＿＿＿＿＿　年齡：＿＿＿＿　性別：□女　□男

郵遞區號：□□□□□

地　　址：＿＿＿＿＿＿＿＿＿＿＿＿＿＿＿＿＿＿

聯絡電話：(日)＿＿＿＿＿＿＿＿(夜)＿＿＿＿＿＿＿＿

E-mail：＿＿＿＿＿＿＿＿＿＿＿＿＿＿＿＿＿＿